带着味蕾去远方

潘七七 著

文汇出版社

图书在版编目（CIP）数据

带着味蕾去远方 / 潘七七著 . -- 上海：文汇出版社，2017.7

ISBN 978-7-5496-2098-2

Ⅰ . ①带… Ⅱ . ①潘… Ⅲ . ①散文集－中国－当代 Ⅳ . ① I267

中国版本图书馆 CIP 数据核字（2017）第 091056 号

带着味蕾去远方

出 版 人 / 桂国强
作　　者 / 潘七七
责任编辑 / 乐渭琦
封面装帧 / Shin

出版发行 / 文匯出版社
上海市威海路 755 号
（邮政编码 200041）
经　　销 / 全国新华书店
印刷装订 / 三河市京兰印务有限公司
版　　次 / 2017 年 7 月第 1 版
印　　次 / 2019 年 1 月第 2 次印刷
开　　本 / 889 × 1194　1/32
字　　数 / 172 千字
印　　张 / 8

ISBN 978-7-5496-2098-2
定 价：38.60 元

Contents

目 录

001 _ 不要拒绝饥饿的人

011 _ 板栗炖鸡的回归

021 _ 不吃晚餐的胖女孩

029 _ 醉酒后的酸辣鱼

036 _ 西红柿炖牛腩的交错

044 _ 炸鸡女孩的台湾梦

052 _ 鱼香肉丝为什么没有鱼

061 _ 忙碌的红豆酸菜汤

071 _ 洋葱少年艾文

080 _ 洪七公和他的传奇红烧肉

087 _ 邂逅新疆大盘鸡

094 _ 神奇玫瑰花煎蛋

103 _ 白菜大虾和箱子

110 _ 梅花鲫鱼汤

122 _ 行走的咖啡排骨

130 _ 养猪人的得莫利炖鱼
137 _ 中午蘸着太阳吃火锅
145 _ 走过冬夜那碗老鸭汤
152 _ 清明果的祭奠
159 _ 榴梿小姐的冰箱
167 _ 一个饺子的故事
178 _ 滑蛋仙人掌
186 _ 外貌控和蛤蜊丝瓜泡饭
196 _ 深夜茶泡饭
204 _ 清晨叫醒味蕾的那碗粥
212 _ 素斋芋头饭的救赎
219 _ 咖啡配泡面的日子
225 _ 四处飞翔的奶油蘑菇汤
233 _ 文身女孩的香辣蟹
244 _ 童年的杀猪饭

不要拒绝饥饿的人

当你觉得自己一无是处、毫无生机的时候，

别让自己闲下来，随心找点事情做，

也许，你认为过不去的坎自己就过去了。

只要每天专心去做一件事，时间会给你最好的答案。

那年，我带着一个行李箱和一颗对文学之路已经幻灭的心流浪到大理。那天的大理，街道两旁挂满了明黄色的银杏叶，风吹过，树叶开始扬扬洒洒地往下落，铺出一条金色的道路，像极了希望的颜色，透彻明亮。温暖的空气扑面而来，泛出一幅岁月静好的美态。

我每日无所事事地和一般同样迷茫的人在古城瞎混，越焦虑越不知道自己要做什么，越不清楚未来就越焦虑，这样的恶性循环持续了很久。

那段时间，我只发表了两篇文章，租住在北门外一个小小的房间，整日把自己关在里面，抽烟、喝水、关闭手机，拒绝进食和任何声音，整日对着空白的电脑发呆，整夜失眠。

认识戴维和杨悦，很必然。就在我浑浑噩噩、茫然不知所措的夜晚，路过了他们的小店。小店玻璃门上贴着招聘西餐厨子，无经验亦可。一个我从未想过的职业，但我还是莫名其妙地进去了。

戴维是美国人，今年七十三岁了，一米八七的大个子，肚子有我四个大。而他的老婆杨悦是中国人，娇小柔弱，三十六岁的她一米六左右，四十公斤不到。这样一对夫妻站在一起，让我想起了墨西哥著名女画家弗里达卡洛和迭戈里韦拉的婚姻，因为身型的巨大差异，他们的婚姻被称为大象和鸽子的结合。

七十三岁的戴维热情幽默，是个十足的老顽童，喜欢恶作剧。当我刚开始做汉堡肉饼的时候，需要把牛肉洗净、切块，用磨肉机把牛肉磨成肉糜，再加上鸡蛋、面包糠、奶油、牛奶、蒜头、辣椒粉、黑胡椒粉、罗勒叶等调味料搅拌完，再按重量捏成一个个汉堡肉饼，整个过程要精确到克。我正认真地清洗牛肉，戴维突然出现在我身后，跟我说："这是一头刚宰杀的小牛，我们厨子在清洗它的时候，要为它祷告，这样，它才不会记恨我们，它的肉质也才会鲜美，我们必须尊重它的牺牲。"说完特别认真地对着牛肉双手合十，口中念念有词，教我背下一大串祷告文。看他的样子极其认真，我硬是花了半个小时来背诵祷告词。在此之后，每次制作牛肉汉堡的时候我都心无杂念，极其认真和敬畏地背诵祷词。直到有一天，杨悦问我为何制作汉堡还要认真地对牛肉背诵情诗、表达相思，我才知道我被戴维戏弄了。

还有一次，他对一个新来的兼职服务员说他会变魔术，说他能让法棍变成一米长。他用一块布盖住一根法棍，让服务员小心翼翼地拿着，然后他故作玄虚地比画了半天，说一个小时后那根法棍将变成一米长，之后他把法棍放在高高挂着的花篮里。这之后的一个小时，那个可怜的小姑娘每过两分钟都要仰着头看看花篮。

这样的恶作剧总是源源不断，被他戏弄的人从厨师到吧台服务生到打扫卫生的阿姨，而且他的恶作剧从来没有重复过，以至于我一直坚定地认为他每天一定要花很多时间来想怎么戏弄我们。

戴维是整个小店的开心果，有他在的厨房总是充满着欢笑。闲暇之际，他会坐在店门口的桌子旁和客人聊天，更多的时候，他会一个人随着音乐翩翩起舞，虽然他巨大的身体扭动屁股的样子滑稽可爱，但他还是乐于向我们分享他的快乐。

戴维对员工极好，刚学做餐的时候，我的英语极烂，属于那种中国人听不懂就算了，连外国人也听不懂。为此，我总是需要杨悦在旁边翻译。每次我操作失败，把法棍烤糊或是把意面煮得太软，或把鸡蛋煎坏，他都幽默地说我们终于有东西吃了。

他对我们的厨艺要求很高，但凡差一点点他都绝不会让服务员把食物送到客人桌上。我想，也未必有客人能吃出意面煮了十二分钟和十三分钟的区别，也不会有客人介意蔬菜沙拉里是放了三颗黑橄榄还是四颗，但戴维很介意，他说，我们是厨子，我们有义务让客人吃到最好、最正宗的美食。

而我们做坏的东西，他并不介意帮我们一起消灭，他说食物的作用就是为人们补充能量，还能吃的绝不能浪费。

相对于杨悦，我们更喜欢活泼的戴维。杨悦是个地道的南方姑娘，在上海生活了小半辈子的她生活精致，说话轻声细语，没有必要的话从来不说。很多时候她总是自己默默地收拾东西，或切面包或清点餐具食材或收银盘算账目。也因为她的娇小沉默，我们也并不怕她，即便她站在身边，我们也会自顾自地做事，只要做完自己分内的事，她也并不理会我们的偶尔偷懒。

我一度很好奇，年轻漂亮的中国姑娘杨悦是怎么和相差三十多岁的美国人戴维走在一起的。在我几次软磨硬泡的追问下，才知道他们已经结婚十四年了。我掰着手指细算，那就是说当时二十二岁的杨悦就嫁给了五十九岁的戴维。我震惊了，再细问，杨悦却再也不愿多说。

杨悦很爱戴维，我们都看得出，她会在戴维贪吃的时候强制收走他的餐盘，会在戴维累的时候为他按摩捶背，会在戴维拿重物的时候抢着接过去。虽然她从来不会说出，但她每时每刻都在关心和照顾着戴维。而幽默的戴维爱杨悦的方式却直接、热烈，他会在跳舞时突然抱起杨悦亲上一口，会在杨悦说饿的时候给她细心做餐，无论何时，会在一天结束营业的时候对杨悦说辛苦了宝贝。可能是国籍不同，戴维的“我爱你宝贝”从来都频繁而热烈，让我们这些在场的单身狗恨不能跳进炸炉把自己活炸了。

总之，我们都喜爱这对跨国籍、跨年龄的夫妻。我敬佩他们在一起的勇气，更让我敬佩的是戴维的一句话：“永远不要拒绝饥饿的人。”

那次，正值黄金周，全国各地的客人从四面八方涌进这座南方旅游古镇，我们每一天的收入都前所未有的高，光小费就近一千大洋。我们三个厨师几乎没有离开过厨房，鸡蛋煎了少说有一百个，意面、汉堡、三明治就更无法计算。那天，忙碌了一天的我们终于熬到了打烊时间，已经是凌晨一点半了。我们把炸炉、扒炉清理干净，换上新鲜的油，吧台也把最后一把户外椅子搬进屋，大家正高兴地围在一起分小费的时候，进来一对情侣，点了一个汉堡和一份三明治。杨青扬起挂满汗珠的脸回答道：“不好意思，我们打烊了。”

“这么晚了，我们实在找不到吃饭的地方。我们刚环海回来，饿得不行，我听朋友介绍，特意过来吃你家的汉堡和三明治的，拜托了。”男子丝毫没有要离开的意思。

“可是我们扒炉和炸炉都已经关了，没办法做汉堡和三明治了，实在不好意思。”

这时，戴维和杨悦正下楼准备离开，见到这样的情景，再细问了男子后，戴维说，没有薯条的三明治和汉堡可以做。于是，让我们下班，他亲自用平底锅做了汉堡和三明治，外送了两杯果汁。其实，今天戴维也忙碌了一天，在人满为患的节日里他并不比我们轻松，但他却和我们说："我们是职业的厨师，无论何时，永远不要拒绝饥饿的人。"我知道，他并不是为了赚那份钱，更多的是他热爱这个职业，并热爱厨师能带给别人的慰藉和快乐。

店里全职的员工有十人，厨子三个，吧台六个，面包师一个，分成两班，加上三四个偶尔上班的兼职。但这是旅游小镇，也有上两个月班就离开的，所以店里人员流动性很大。更多的时候，戴维和杨悦都要亲自上手。经常辛苦教会一个人，过不了两月就走了，但他们依然很认真地在教新人。

由于我是女生，而晚餐的用餐人员相对会少一些，我便一个人上晚班，从下午三点到夜里十一点。有时用餐客人太多，戴维会帮我一起做。上午因为有早餐和午餐一起，便由两个男厨师一起操作，从上午七点半到下午三点。

和我一起上晚班的吧台服务员是个假小子杨青，她一头短发，经常 T 恤牛仔，没有耳洞，只有手臂上的三四个文身，做事说话干净利落。她有个长发飘飘、娇小可人的女朋友，她女朋友在一个服装店上班，常常十点下班后来店里等她一起回家。

杨青是我见过的最厉害的咖啡师，她可以在任何咖啡杯里拉出漂亮的花，手法娴熟帅气，每次看她拉花我都忍不住想用手机录下视频。更让我佩服的是，她娇小可爱的女朋友是从一个男生手里抢过来的。她曾经当过北漂，在北京考了咖啡师资格证，最大的梦想是存钱开一家自己的咖啡店。她为人仗义豪气，也经常泡吧烧烤，所以一直存不下什么钱。

我们打趣她叫她杨爷，她就急了，冲我们大喊："你瞎啊！没看见姐有胸的吗？"说的时候还把胸朝我们挺了挺。我感叹说："真羡慕你们胸小的，都不用担心下垂。"她便用手里的柠檬砸我。

一次一个小客人要加热水，踮着脚尖探到吧台边叫她叔叔，她愣了好一会才没好气地说叫哥哥，为此我们笑了很久。

过了节假日，晚餐时间还没到，我称完意面，调好色拉酱汁，煮好薯条，检查完食材。杨青剥完橙子，削好榨汁的水果，清理好杯子，磨好咖啡豆。一切准备就绪后，我们便趴在吧台上看过路的客人，有一搭没一搭地聊天或各自玩手机。她总能语出惊人，思维跳跃到我感叹好大的代沟。

有时她问："你写小说怎么找灵感？"我还没回答，她下一句就是："你们天秤座的是不是每天都要纠结吃什么？"接下来便是拍着日渐鼓起的肚腩说："我觉得我长胖了，我要减肥，以后做我的晚餐少点量。"但真到晚餐时间，她又总是嫌我煮的意面少了，非要自己再加一点或是在三明治上再放一层面包，吃完再埋怨我不支持她的减肥计划。我大嚷不是你自己加的吗，她就搂着我的肩说："我那是给你面子，不吃完怕你做餐没信心，我是为了你好。"

杨青介绍我的时候总是说："她是一个落魄的作家和一个半路出家的厨子。"而我介绍她时总说："她是一个不喝咖啡的咖啡师。"她的确是个只做咖啡而从来不喝咖啡的咖啡师，她喝咖啡会胃疼。我们就是这么一对互相打趣的搭档，有时她请假或我请假，第二天我们总要趴在吧台边八卦一下前一天发生的趣事。换了新的搭档，我们都显得措手不及和各种不适应。

杨青上了三个月班后，买了一辆很可爱的白色小电瓶车，休息的时候就带着她的小女友去环海，朋友圈里都是两人甜蜜的合影，一字一句都是满满的爱意。她娇小可人的女朋友每天都到店里来等她一起回家，一个人坐在角落的位子上玩手机，也不说话，也不走动，总会让人忘记她的存在。待我们打烊时，她就帮着杨青将户外桌椅抬回店里，帮忙收户外伞，绝对是个乖巧懂事的女孩。

许YY是店里的面点师，据说这个家伙是个在职的实习医生，因为还没具体分科室，所以想在人生被固定之前溜出来看看外面的世界。看她说话办事的样子打死都想象不出她是医生。迷糊、随性是她的特性，除了她那要命的洁癖。她只用自己的水杯喝水，连新买的酸奶瓶她都不用，也只用固定的餐具。一次因为店里大扫除，她的筷子被不小心弄丢了，她居然用勺子吃完了整碗面条。

她的工作台是我们之中最干净的，连一滴水印都没有，谁要借用了她的量杯，她要刷上几遍才肯再用。就这唯一一点，我们才觉得她有点医生的特质。真难得她这样的性格会来做一个面点师。

许YY原名叫什么我实在记不住，反正特别绕口，所以大家简单地把她名字的大写字母读出来，就变成了许YY。她很瘦，特别爱笑，学面点极快。她每天负责做吐司、甜甜圈、布朗尼及各种派，如苹果奶酥派、椰丝蛋挞派、巧克力派等。她最拿手的是牧羊人派，牧羊人派据说是以前穷人家最常见的派，只要把剩菜放进去，简单粗暴，不用拘泥精确到几克几汤匙几茶匙，这很符合她大大咧咧的性格。

她的工作时间和我们都不一样，她从上午八点到下午四点，有时心情好了她也会在楼上开个小灶做顿中餐，但我们宁愿吃意面也不想吃她做的中餐。她的酱爆茄子能吃出苦瓜的味道，番茄炒蛋看着像被狠揍过的生柿子，辣椒炒肉更像是辣椒和肉块离婚后凌乱的分家场景。但她对做菜乐此不疲，直到戴维吃完腹泻了一天以后，她才勉强停止。

她常穿牛仔衬衣，用一块头巾包着头，走路有些外八字，虽然瘦，但走路的气势从身后看十足男人样。她的口头禅尤其幼稚："去吧！皮卡丘。"她是一个热爱皮卡丘却做了面点师的医生。

我很难想象当她结束旅程回到医院，穿上白大褂做完手术缝完针以后对着昏迷的病人大声说句："去吧！皮卡丘。"

小店就这样在时间轴里慢慢转悠，店里每天都有很多有意思的人和事，我们就这样闹着笑着，心事都随时间悄悄流过，不留一丝痕迹。我渐渐爱上了这个欢乐繁忙的小店。

半年后，我接到第一本书的合约，狠心辞职开始码字生涯，后来也再去过店里几次。戴维和杨悦依旧恩恩爱爱打情骂俏经营着小店，杨青请了长假带着小女友外出旅游去了，许 YY 回归她的医生行业，我很想她们。在微信里，我们互相关注着对方的生活，偶尔开句玩笑问声好。但那段一起工作的岁月，成了我心里一道温暖的光。

那段时间让我意识到，当你觉得自己一无是处、毫无生机的时候，别让自己闲下来，随心找点事情做，也许，你认为过不去的坎自己就过去了。只要每天专心去做一件事，时间会给你最好的答案。

板栗炖鸡的回归

很多时候，

我们爱一个人，其实更多的是爱上爱着这个人的感觉，

那种爱上爱着的感觉可能和这个人无关，

那不过是我们对爱的一种美好想象。

归根结底，我们爱上的是自己的感觉。

坐在我面前的田楠已经不是我认识的田楠了，她坐在环境优雅的咖啡厅如泼妇骂街一样喋喋不休骂了她男友两个多小时了，这期间不停地有人朝我们张望，她就柳眉倒竖，冲人家大喊，没见过失恋啊！回家自己失一个去。

想起两年前她在同样的咖啡厅，坐在同样位置上扬言要睡了我们户外圈里所有的帅哥。此话一出，所有人都来劲了，开始怂恿她去睡大帅哥领队唐宋。她果不其然去了，只用了一个月的时间就给我们发来捷报已搞定。谁知两年后意气风发的她却变成了喋喋不休的十足怨妇，失去了优雅和风度。

我是在一次户外露营中认识田楠的，二十多人的露营队伍里，一眼就能看到她，瘦高个，长得格外艳丽。没错，我用艳丽形容她，不是美丽也不是漂亮，而绝对是艳丽。玩户外的女孩穿上冲锋衣、冲锋裤之后大多性别不详，但田楠不是，就算冲锋衣裤都让她穿得性感时尚，难掩风情。

我们第一次露营时，她和领队唐宋就杠上了。带着三明治的她死活不肯吃被唐宋秒赞的火腿土豆焖饭，玩游戏的时候，更是每每冲着唐宋而去。我们都心照不宣，若对对方没意思，谁会跟你针锋相对？二十多人，你不表现谁能认识你。

那次露营，我们一起混帐，互相加了微信，渐渐熟悉后才知道田楠其实并不喜欢登山也不喜欢露营，她只是为了睡唐宋。这也并不奇怪，唐宋算得上钻石王老五，单身多金，作为领队，无论专业知识还是待人接物都显出不俗的气魄。加上他很注重自己的形象，人也幽默风趣，难免让人不对他另眼相看。

她是在一次自行车大赛上看到唐宋的，获奖后的唐宋身着彩色的骑行服，一双大长腿暴露无遗，身材健硕笔直。他带着风镜，一头长发在脑后轻舞飞扬。他一手举着奖杯，一手把风镜轻轻扬起，露出深邃的双眼，说话的时候嘴角轻轻上扬，说完后他冲着镜头右眼眉毛向上轻轻一挑，就这个小动作让田楠那颗少女心瞬间沦陷。田楠所在的公司是那次活动的主办方，她负责开幕式和颁奖典礼的策划。

活动结束后，田楠通宵达旦翻看唐宋出现的镜头，查看他的详细资料，上户外论坛去看他发的贴，翻找他带户外活动的照片，这一看就停不下来。于是想方设法找到唐宋所在的户外群，报名参加他带队的活动。在面对爱情的时候，不管你是大家闺秀还是久经沙场，心动到不能自已的时候谁也无法控制。

他们在一起后，成了我们户外群的一对金童玉女，暗恋着唐宋的姑娘们一个个都死了心，相比田楠，姑娘们太黯然失色了。不过，唐宋不仅帅气，还是电信公司的经理，四十出头，热爱运动，对人亲切，典型的钻石王老五，这些条件摆开来，无论哪一方面都让主动得太过明显的田楠多少有些底气不足。

唐宋热爱集体活动，每天过着呼朋唤友，连吃个早点都是三五成群的集体生活。田楠对这点颇为不满，但每次看着酒桌上谈笑风生的他又觉魅力无可阻挡，便也试着融入他的集体生活。

两人确定关系后，田楠搬进了唐宋的家，两人一起买菜做饭，过上了温馨的小日子。唐宋开始委婉推掉一些不必要的聚会，陪田楠逛街看电影，像所有恋爱的情侣。田楠也投桃报李，学着为唐宋做中餐，要知道田楠是不喜欢做烦琐复杂的中餐的，她觉得中餐可以让她的头发尖上都渗透着油烟味，一股小市民的人间烟火气味让她觉得生活品质突然降低，而且简单率性的她总是不知道所谓的少许、适量、大概是多少，也不知道是该先放姜还是先倒料酒，这是她做中餐的死穴。

唐宋最爱的一道菜是板栗炖鸡，鸡肉中带着板栗的清甜，田楠买了板栗和鸡跑我家来学习。板栗炖鸡是很麻烦的一道菜，因为生板栗是很难剥开的，要先用剪刀在板栗顶部剪开个十字口，然后把板栗放入锅中倒入开水加上少许盐焖五分钟，取出后才能更好地剥开板栗。鸡肉则需要切块后用热水焯一下，去掉血水和杂质。做的时候，先用油煸炒板栗至变色倒出，再用油爆香葱姜蒜、八角、草果、干红椒，然后倒入鸡肉大火爆炒，放入料酒，待鸡肉七成熟后加入板栗、盐、糖、生抽、老抽和香叶，然后加水大火煮开，调小火炖半个小时到四十五分钟，直到用筷子可以把板栗夹烂，最后大火收汁，若要颜色好看可以加入红椒青椒翻炒一下。

这是一道费时费力费功夫还需要对调料火候掌握很好的功夫菜，要做熟并不难，难的是要做到吃的人喜欢。板栗要趁热剥，还需要手对温度的忍耐力。田楠一边剥板栗一边大喊烫，兰花指恨不能翘到天花板上去，一副不食人间烟火的仙女模样，我感叹只会做简单三明治的她为了爱也是蛮拼的。

田楠在我的厨房里折腾了两个多小时后，端出一盘黑漆漆的鸡肉要我品尝，我用双手捂着嘴坚决不吃，谁知道这黑不溜秋的东西吃下去会不会中毒。她夹起一块往自己嘴里塞，然后佯装美味的样子，又夹起一块楚楚可怜地看着我。看她热情高涨，我不忍泼她冷水，一边嚼一边啧啧点头，顺便提示道，鸡肉还没煮熟，板栗的味道全被酱油味盖住。她接受了我的评价，欣然离开，留下我和桌子上一盘黑漆漆的板栗鸡。

一周后，她居然带着自己做的板栗鸡来找我，味道和颜色都已经让我赞不绝口。

那段时间，田楠每天搜集大量的食谱，有时甚至打电话让我电话指导她炖鸡熬鸭，我们的关系也是在那段时间变得亲密的。田楠说打死她也没想过自己竟然愿意过这种为男人洗衣做饭、扫地刷马桶的日子，她以前可是最鄙视这样的女人，觉得为了一个男人改变自己太没出息,如今她却觉得为唐宋做什么都是开心的，甚至有了和他结婚过日子也蛮好的念头。

好日子不长，半年后，唐宋大概渐渐感觉生活单调，开始怀念以前醉生梦死的集体生活，于是对田楠的饭菜变得挑剔苛刻，也对每天和田楠逛街买菜、饭后散步这样的老年生活渐渐表现出厌烦。

唐宋开始不回家吃晚餐，甚至开始带着醉意回家。好几次，朋友打电话叫田楠去接醉酒的唐宋。她憋着一肚子的气，带着昏睡的他回家，清理他吐在床单上的秽物。次数多了，她开始讨厌这样的烂摊子。

让田楠扯着嗓子骂娘的事很快发生了。他的一个朋友送了条狗到他家，请他帮忙带一个月，这个朋友要去泰国考潜水执照，这让爱干净的田楠彻底崩溃了。狗狗是拉布拉多，大型狗，六个月大，正是最闹腾的时候，上蹿下跳时不是碰掉书架上的书就是打碎桌上的茶杯。

别人的狗，不能打不能骂，只能自己默默收拾清理，最让田楠崩溃的是，狗还不会在固定的地方上厕所。她耐着性子教了一个多星期，狗狗就是死活不在卫生间的报纸上上厕所。有时回家，在客厅或厨房看到一滩黄色的大便，还呼呼冒着热气，田楠就有想杀了它的冲动。最可气的是每次唐宋都承诺自己打扫，却从来没有兑现过，总是一句“待会儿我弄”打发田楠。过一会儿后，一个吃饭的电话，唐宋拍拍屁股走了，剩下气得冒烟的田楠对着满脸装无辜的狗狗。

田楠对唐宋抱怨了几次无果后，便开始来对着我们抱怨，把狗狗和唐宋形容成地狱。我们给她出主意，把狗狗送到专门的宠物寄宿处，或者自己搬回家住，但都被田楠否了。她说唐宋不同意，他承诺过朋友好好照顾狗狗，自己也不愿意离开唐宋，她已经把他看成自己的生活重心了，没有他，她的生活不完美。

要么忍，要么滚，这是我们给田楠的最后建议，她摇摇头后又点点头。

那个朋友到承诺的时间并未出现，这让田楠再一次抓狂，一个月的寄养变成了四个月，忍了三个月的田楠还是搬回了自己家。那个月，她想念唐宋，但坚决不回他家，然后她跟我们总结，千万不要养任何宠物，包括男人。

一个月后，唐宋可怜兮兮地敲开她的门，请求她回家，并告诉她朋友把狗狗接走了，他已经把家收拾干净，就缺她。她看着帅气的唐宋凄惨的样子中更显男人味，心一软，又跟着搬回他家。

但这之后的日子，唐宋和她都渐渐感觉不对劲了。他们依旧做饭看电影，偶尔他带她和朋友聚会，但两人看对方的眼神里少了些热情。

没有了热烈的爱情怂恿，磕磕碰碰的鸡毛蒜皮被无限放大，两人都变得对对方苛刻，开始有了要求。她埋怨他临时爽约，浪费了她花两小时做的饭菜；他埋怨她在朋友面前对他不尊敬，说话不注意尺度。接踵而来的便是争吵和冷战，然后越演越烈，互不相让。

于是，田楠就坐在优雅的咖啡厅里像个怨妇一样对我们抱怨，说唐宋在外面的时候干净整洁，一回家臭袜子到处扔；说他对朋友比对自己的女朋友好；说他承诺过自己的事情从来没有兑现过；说他除了帅一无是处。然后总结了一句，我好讨厌现在的自己。我们都一致点头。

再后来，我开始委婉拒绝田楠的邀请。辛苦一天，受尽工作的琐碎烦难，回到家，只想安静地听着音乐看看书，对她的抱怨，我实在无力招架，原本郁闷的生活不想再被她无休止的抱怨占据。

田楠还是和唐宋掰了，让出了这个让无数女生暗恋的男神女友宝座，我们知道这是必然，替她遗憾的同时也替她开心。她搬回自己的公寓，开始加班加点地工作，开始修眉毛做指甲，拯救因之前每天买菜做饭忽略掉的女神形象。

田楠离开唐宋家的时候，淡定地对唐宋说："你有能力让女人爱你爱得无法自拔，却没有能力给她同样的爱，甚至没有能力背负化解这样的爱。不只是我，任何一个女人和你一起两年都会变成怨妇，我讨厌现在的自己，我们分手吧！"他看着她，从来没有想过百依百顺的她会主动提出分手，而且那么坚定决绝。

是的，在生活中，每个人都有每个人的问题。爱情的持续不是一个人努力就可以的，田楠经历了，也明白了，她永远无法感动他，更别提让他付出同等的爱。

田楠终于恢复了女神形象，喝咖啡的时候举止优雅，说话轻柔幽默，她说："爱他的时候只用了一个月，不爱他怎么能浪费更多的时间呢。"

看田楠的朋友圈，每一条都是满满的正能量，她依旧一脸媚笑地处理工作，穿上紧身套装的她由内而外散发出自信，而两年的家庭主妇般生活也让她多了一份知性和柔软。

几个月后，田楠请我们到家里吃饭，介绍了她新来的同事给我们认识。那个男生话很少，但忙前忙后帮田楠张罗饭菜的他给我们留下了好印象。他相比唐宋，不够高也不够帅，但为人踏实谦虚，他看田楠的眼神专注热烈，我们都私下叫他加油，他使劲点头。

那天聚餐，田楠做了那道不知练习了多少次的板栗炖鸡，味道已经远胜于我。我们都吃得很饱，她的同事一直对田楠的厨艺啧啧称赞。吃完饭，他主动担起收拾刷碗的工作，细心地把没做完的食材用保鲜膜包好，放进冰箱，并叮嘱田楠放置的位置，这是个会生活的人。

爱上一个人或许会因为一道菜，也可能因为爱上了一个人，连带着爱上了她做的菜。

不吃晚餐的胖女孩

时间是个巨大的轴，永无休止地旋转着，

我们都被这个巨大的轴带动着循环运行。

成长是一件痛苦的事情，但生活不会辜负你，

你的努力总有人会看见，并为之深深热爱。

小非是以前我们公司的电话客服，个子不高，吨位不小。她长着一对小眼睛，顶着一个蘑菇头，穿着简单的T恤牛仔，十足还没过青春期的高中生模样，像极了台剧里漂亮女主角身边那种不离不弃还有点犯二的胖女孩。

她刚来公司的时候，胆小谨慎，说话声音极小，走路的时候总是低着头，开会也总是坐在最后一排，生怕被别人看见。只有每天午餐的时候，她的食量才让我们注意到她，通常她打完饭后端到角落的桌子上吃，并不与我们一起。

小非家在一个离省城五百公里以外的偏远小镇，父母都是中学教师，这样的家庭可以是天堂也可以是地狱，小非家属于后者。她的母亲因病提前退休在家，父亲一个人白天在学校面对精力旺盛的熊孩子，晚上还得做家务照顾生病的母亲，脾气因此变得暴躁易怒。小非有个哥哥，高中毕业就外出打工，长年不知其行踪，逢年过节也很少回家，她便成了父亲唯一的出气筒。

小非的整个青春期都伴随着母亲的呻吟和父亲的责骂，加上小非长相平庸，从来就不是能引起注意的女生，所以自信也一点点消失。母亲常年生病，家务基本不做，唯一的爱好是打麻将，只有在打麻将的时候，她的呻吟才会变成大笑。有时麻将输了，回家便一言不发，不做饭、不吃饭，闷闷地睡去。

她走进我们的视线是在公司组织的户外扩展活动时，在拔河、推沙袋等比赛中，她以一当十让我们大获全胜，从此她成了我们的力量担当。

我们后来才发现，她的乒乓球和羽毛球都打得极好。有一段时间，我们领导不知为何迷上了乒乓球，小非顺理成章成了领导的教练和陪练。每天午饭过后，在休息室都能听到噼噼啪啪的乒乓球声。在多次得到领导的球技和工作表扬后，同事开始有意无意地靠近她，她渐渐变得自信，说话走路也不再躲闪。

小非进公司后，虽然只负责接听电话和整理文件，但几乎所有人都可以使唤她。她也愿意，有求必应，从不觉委屈。时间长了，跟各个部门的同事竟也渐渐混熟了。

小非总是说，真羡慕你们，什么都会，我连使用简单的办公软件都时常出错。前台顺着说了句，你下次不懂可以问我，我教你。她果真天天往前台跑，学习办公软件，后来甚至开始学习 PPT 和文案。

几个月后，她开始来找我请教图片的处理方式或排版的技巧，我看她学得认真也用心教她，找了一些以前用的专业书籍借给她看。她看不懂太过专业的描述，来问我，我没空时顺口说了句，你不如报个夜校学习。原以为她不过一时兴趣，没承想她每天下班后真的去上课了。

此后，小非每天下班从西二环赶到东三环上课，忙得连吃晚餐的时间都没有了。先前她会在上课时突然想到包子，想到热腾腾的炸酱面，咽着口水听完课又急匆匆赶末班车回家。

由于晚餐没时间吃，小非在公司下午茶的时候就悄悄揣两苹果梨什么的，下班后在转车的途中啃水果，这样听课的时候也不那么难熬了。

后来，小非喜欢上了程序部的一名男同事。这 IT 男长得还算英俊，瘦瘦的戴个黑色眼镜，经常把衬衣塞进牛仔裤里，走路的时候有点外八字。小非会悄悄给他带早点，开会的时候专注地看着他，路过他工位会轻轻摸摸他的椅背。IT 男有时会吃她带的早点，有时却直接扔掉，小非也并不生气，第二天依旧继续。就这样，小非成了公司里最好说话、最没脾气的人。所以，顶班这样的事情经常找上她，因为大家知道，她是不会拒绝的。

小非给 IT 男的早点五花八门，鸡蛋饼、小笼包、蒸饺、油条，但无论什么早点，她都配着一杯豆浆，而且还是现磨豆浆。每当 IT 男走进办公室，远远就能看到桌上的早点。

想必小非在给他买这些早点的时候，心里是甜蜜的吧！

这样明确的暗恋持续了三个月的时间，IT 男忍不住了，在一次午餐时间，他委婉地表明了自己很感谢小非的好意，但他不喜欢胖女孩。小非笑着说会努力减肥，此后依然默默地把早点放在他桌上。

我们出于好意，也委婉地暗中劝她放手，因为 IT 男摆明了不会喜欢她。但小非不听，她说总有一天他会感动的。我们替她感到悲哀的同时也佩服她的勇气，在这样一个自身难保的竞争时代，我们已经丧失了对爱情奋不顾身的勇气。爱情就是这样不讲道理，来的时候没有理智，不计回报。

小非不吃晚餐后，从以前的一百四十斤瘦到了一百一十五斤，但很明显仍没能让 IT 男喜欢。又过了两个多月，IT 男爆发了，当着所有同事的面，把小非带的早点扔进垃圾桶并直接明令禁止小非再放任何东西在他桌上。

从此，小非才算死了心。我们原以为她会委屈，会沮丧，但没有。小非依旧每天默默上下班，勤快工作，然后饿着肚子去上课。

她也开始留起长发，学习化妆，找我们打听面膜护肤品的牌子和效果，也在周末主动约我们逛街买衣服。

在年底公司的晚会上，终于瘦到两位数的小非穿着黑色连衣裙，画了淡妆，长长的头发烫成大波浪。她上台领奖的时候我们都差点没认出来，小非已经从一个蘑菇头的胖子变成了苗条性感的美女。

不变的是她依旧是那个不吃晚餐的女孩，依旧好脾气地接下同事踢给她的活，无论是前台的数据汇总，还是策划文案，她都完成得熟练认真。只是，同事对她的态度明显转变了。这些人中，最明显的是 IT 男，他开始有意无意地往小非的办公桌边跑，借一堆理由刻意接近她。小非却全身心扑在工作学习上，每天淡定地上下班。

两年后，小非辞职了，听说她拿着设计师资格证去了北京。之后，我们很少联系，偶尔闲暇看到她空间的更新，已经焕然一新。

我到北京总公司出差的时候，她主动约我见面，她已经不是我记忆中那个低着头的蘑菇头。

她坐在星巴克，拿着苹果最新款手机，高跟鞋把她白嫩的小腿衬托得纤细性感。她戴着墨镜，长发飘飘，笑得亲切大方，谁都看不出她原先是个顶着蘑菇头重达一百四十斤的胖子。她说她在一个广告公司就职，正在一边上班一边读管理学。她说新同事都对她很好，教会了她很多东西。

我们互相询问对方的近况，问到感情，她红着脸低下头说，有个同事对她特别好，她还没决定，但看得出她脸上掩饰不住的幸福。我想，她一定不会想起那个天天买早点的IT男了。

那天，她说了很多，一些她在公司时想说没说的话，一些在北京风光背后的心酸。最后，她说："成长是一件痛苦的事情，我要用自己的方式面对。我相信，只要今天努力了，明天一定会越来越好。"

小非决意留在北京当北漂，我以为我从此不会再遇见她，谁知有一天竟收到她的结婚请柬。请柬中夹着一张小纸条，说特别感谢我当年的帮助，其实，我帮助了她什么呢？所有她现在得到的都是她努力多年的结果。

婚礼在她的家乡举行，就是那个离省城五百公里的小镇，我和另两名同事坐车前往。虽然是个只有一条主街的小镇，但婚车、婚宴、婚纱都很豪华。整个婚礼，准新郎一直在旁边为她挡酒，我想起她说过生活不会辜负你，你的努力总有人会看见，并热爱。

她真的已经蜕变了，待人接物中透出自信，落落大方。这些年，她大概从没停止过学习。

回城的路上，同事一直感叹小非命好，终于钓得金龟婿，并得出结论，女人一定要漂亮。以前又胖又丑的小非那么拼命追IT男，人家不搭理，变漂亮以后就喜得佳婿，得以时来运转。但我知道，小非老公看上的绝不单是她的漂亮，更是她永无止境对学习和对生活的态度。

虽然小非从灰姑娘变成女王只用了不到六年的时间，但这六年她比我们都努力。想起以前一起上班的时候，我们轻视过她，甚至无视过她，我心里泛起一丝愧疚。当我们在下班购物的时候，她坐在冰冷的教室上课；当我们在聚餐时她正饿着肚子换乘公交，挤在熙熙攘攘的人群里。

时间是个巨大的轴，永无休止地旋转着，我们都被这个巨大的轴带动着循环运行。

有时，翻看公司历年照片的时候，会看到蘑菇头的小非在拔河时瞪圆眼睛，也会看到年会上优雅性感的小非在温婉谢词。每次想到她，我都会想起那些五花八门的早点，和那杯现磨豆浆，不知道她现在是不是还不吃晚餐。

醉酒后的酸辣鱼

我想，每个人都是害怕孤独的吧！

这种孤独和身份地位、身材长相都没关系。

孤独对待每个人都是一样的，如同生命，

它不会因为你有钱帅气就对你格外开恩。

老刘爱吃酸辣鱼，这是我们聚餐时恒久不变的菜式。他能一个人吃掉一整盆酸辣鱼，我们都取笑他对酸辣鱼的爱比对他女朋友们的爱还要专一。

老刘是个健谈的人，总是喜欢滔滔不绝地讲他过去的故事和去过的地方，说词夸张，但幽默，所以大家都不介意他说的是否属实。有时也会有人质疑，他就绅士地看着对方微笑，然后淡定地说，生活何必这么较真。他虽然已经是知天命的年纪，但岁月仿佛对他格外照顾，除了大笑时眼角深深的鱼尾纹，身材和长相都让他看起来像四十出头。

他也是个很神秘的人，我认识他两年多了，也没搞清楚他到底是做什么的，只知道他在海边买了一幢小楼，租给别人开会所。那个会所只对固定客户开放，客人非富即贵，不是当地的达官贵人便是著名艺术家，我在老刘的带领下去过几次。

会所装修得很有品位，看着简洁清爽，但据介绍桌布都是纯手工缝制的，每一件使用的器皿或装饰的饰品都极其精细昂贵。我对装修一无所知，只在老刘指着一个角落里的陶瓷烟灰缸告诉我那个东西要三千大洋的时候郑重点点头。不过一个装烟灰的东西而已，我小心翼翼地拿起细看，也并没看出它贵在哪里，可见我天生不是富贵人。

会所有个很大的院子，院子的墙上挂满紫藤，我们去的时候，正是紫藤开花的季节，淡紫色的紫藤映在蓝色的海面上，格外赏心悦目。院子里一个平台延伸进海里，坐在平台的亭子里喝茶感觉像坐在海面上，脚下就是淡蓝色的海水。整个院子种满花草，一个很大的露天长亭，挂着淡蓝色的麻布垂帘，木桌上面放着精致的茶具，很适合办婚礼或烧烤自助等派对。

一楼是个咖啡厅也可以算是酒吧，巨大的落地玻璃能看到海上的小舟，也能让阳光明亮地洒进来。里面放着六七张桌子，一个大大的吧台，吧台上放着一些制作咖啡的器材，吧台后面的架子上放满各式各样的酒，吧台的对面装着一个英式壁炉，旁边放着一台老式唱片机。一楼最里面有个小小的舞台，支着话筒，放着吉他、架子鼓等乐器。接待客人的时候会请一些当地小有名气的乐队演唱，也有客人自娱自乐、自嗨自唱，比如我们这一群人。

二楼和三楼都是包间，可以吃饭，可以喝茶，可以打麻将，也可以休息。

我们通常十多人围着大吧台，一边喝酒一边聊天一边抽烟。灯一打开，从落地窗里看着海对面的灯火阑珊，整个世界都好像不存在了，只有这屋里闹哄哄的喝酒声、唱歌声才是真实的。

开这会所的是一个地产公司，负责人姓林，具体叫什么，我估计老刘也不知道，大家都叫他林总，再熟悉一点叫林哥。老刘在他们那里买了套别墅，他们租下老刘的房子，一来二去关系就亲近了。

老刘每次去都自顾自去吧台拿酒喝，而且只拿最贵的。林总有时会说，好家伙，一杯两千大洋啊！老刘就眯着眼睛一边倒酒一边说，别跟我们提钱，我们都是穷人，就来你这里才喝点好酒，别那么小气。

老刘对自己的过往吹嘘不已，但对他的家庭只字不提，旁敲侧击中知道他是有老婆的，但他和他老婆十几年没见面了，不联系，也不离婚。他还有个固定的女朋友，一年一起出去旅游两次，平时也甚少见面。看上去单身的他也会带不同的姑娘出来吃饭，嬉笑玩闹、打情骂俏。

隔三差五我也会和邻居或朋友去酒吧晃荡下，每次去酒吧，都能看到他和一群人在喝酒，有时微醉拉到一起喝，有时醉得分不清东西南北也拉到一起喝。其实我很羡慕老刘的人缘，仿佛所到之处没有不认识他的，大概他是这些酒吧的上帝吧!

老刘的生活几乎每天都是如此，和朋友吃饭、唱歌，偶尔到东南亚国家转转。一次他醉意朦胧趴在吧台边吐着烟，对我说：“小七啊！这生活真 TMD 无聊。”我白了他一眼，狠狠地说：“有多少人在城里的雾霾尾气中打拼一辈子，做梦都想要过你这样的生活，在海边有一栋房子，面朝大海，春暖花开。”他就幽幽地说：“这些都是表象，你知道吗？是表象。我们要透过这些表象去看生活的本质。”接着，他说了半个多小时如何透过表象看生活，一本正经地说着一些不着边际的话。

老刘喝醉了喜欢抢着买单，没喝醉也抢着买单。我们常说他钱烧的，他身上就不能带钱，多少都不够喝。

一次，很晚了，我陪许久不见的大学同学体验古城酒吧文化后，准备离开，却看到他一个人趴在吧台上。我拍拍他的肩：“老刘同志，你的女朋友们呢？”他抬起迷离的眼含糊地说：“她们都抛弃我了。小七，你别抛弃我，你是我哥们儿，你不能抛弃我。”靠，我一三十岁的小女子你说我是你哥们儿，我那么不像女人吗？“我们回了，要一起吗？顺便送你。”“我不要回家，家里太可怕了。” 我给他买完单带朋友去深夜食堂吃东西，他继续趴在吧台做昏迷状。

吃完东西再路过酒吧，他还趴在吧台上，但酒吧也要打烊的，我和同学一边一个架着他打车。

一路上，他像所有醉酒后的人一样絮絮叨叨开始说些车轱辘话，嚷着要吃酸辣鱼，要吃他老婆做的酸辣鱼，这是我第一次听他说起他老婆。

他在白手起家之前就认识他老婆了，一个学历不高、长相一般但温婉贤良的女人。老刘始终还是那个年代的人，形容一个女人还会用温婉贤良。如今的世界，谁还这样看一个女人？长相身材更重要。

他说她的酸辣鱼做得特别好，那时他公司刚起步，每天都身不由己，陪客户吃饭喝酒，每次喝醉他老婆都会给他做酸辣鱼。醉酒后的第二天是很难受的，胃里翻江倒海，食不下咽，头昏脑胀，浑身无力，这时他什么都不想吃，就想吃酸辣鱼。

他们一起生活了十年，十年的烟酒熬夜时常两地分居，他们都没有要孩子。

“之后呢？”我追着问。

“之后，我犯错误了。”然后老刘躺倒在后座，再也不愿说话。

后来再一起吃饭的时候，老刘依然点酸辣鱼，依然说笑玩闹，依然会带不同的姑娘，依然喝酒唱歌，表现得绅士幽默，完全看不出他是一个醉酒后不愿回家的人。

深夜的酒吧里，像老刘这样的男人其实很多，他们都一样认真地虚颓着生活，都一样打情骂俏纸醉金迷，只是爱吃的东西不一样吧！

很多时候，他们更愿意待在酒吧，不愿意回家，因为家里只有空荡荡的厨房和空荡荡的冰箱，还有空荡荡的屋子。我想，每个人都害怕孤独，即便是一个夜夜醉生梦死看似无忧无虑的男人，也或许正因为无忧无虑醉生梦死才更害怕孤独吧！

我记得老刘说过，男人的心很大，可以同时爱着很多人，但女人的心很小，只够装一个人。但他明白的时候，已经来不及了。

又一次送醉酒后的他回家，得知是他的出轨让他老婆离家出走。两人没有正式离婚，但再也没见过面。后来，他辗转打听到她已出国，但始终联系不上。就这样，他成了一个已婚的单身者，每日混迹在美女群中，却从不提及婚姻，他大概也从没想过要和妻子离婚。或许，更多的是，他希望妻子有天还能回来。

很多年后，我们再回首，记忆最深刻的并不是那些快乐的时光，更多的是我们经历的痛苦，那些痛苦成就了现在的我们。

也许他每次吃酸辣鱼的时候都想起曾经有个女人很用心地在厨房为他洗鱼剥蒜，然后满脸心疼地看他吃完。

西红柿炖牛腩的交错

花开花落，时间从不停留。

也许正如香香所说，生活是条单行线，

前方永远在前方，而后方不存在。

香香在业主群里突然发起一场聚餐，没承想反响热烈，大家纷纷参与，自报拿手菜，然后约了见面的时间和地点。我看见的时候，已经近两百条信息。对这样的聚会其实我是反感的，大家都是陌生人，聚在一起吃饭，如果席间没有话题，多尴尬。而且吃饭是一件多么美好的事情，为什么要和陌生人一起呢？

香香是我邻居，住在我家楼上，短发大眼，说话像打机关枪，一按开关噼里啪啦很难停下。有时我坐在院子里看书晒太阳，风吹过，会突然从楼上飞下一条毛巾短裤，甚至一个勺子。

晚上她就来敲我家的门，问我有没有看见她的毛巾短裤或者勺子。她的阳台上好像什么都有，什么都会往下掉。我提醒她下次晾衣服记得用夹子，她说本来是要用的，后来就忘了，下次一定注意。可是下次依然会有毛巾短裤飞下来。

有时清晨我正在院子里浇花，她会从阳台上探出头问："你家有没有青菜？"然后冲下来拿两片青菜回去煮面条，只拿两片。有时是葱姜蒜，有时是酱油醋，有时是剪刀锤子。

时间长了，也渐渐混熟了，她在古城开了个小小的花店，卖鲜花也卖活花还卖花瓣。店很小，她没找人帮忙，每天打扮得像个花仙子，一个人背个放满鲜花的背篓骑着黄色电动车突突突去进货，突突突去送货。

她很喜欢热闹，由于店里提供免费果汁饮料，每天人来人往，满足了她聊天说话的渴望。但她还是有很多话说不完，每天回家后抱着电话聊啊聊，有时凌晨一两点还能隐约听到她的说话声，就这么每天无怨无悔为通信公司做着贡献。即便这样，仍然满足不了她爱交朋友的需求，于是在群里发起了聚餐活动。

香香自己去就算了，还要拉上我，说我太宅，必须得出去见见活人，不然要丧失语言功能了。

聚会那天，她骑着她的小车载着我去店里集合，这是我第一次去她店里。店很小，蓝色的门，蓝色的窗，窗上挂满鲜花和一块小黑板，黑板上写着："千里迢迢来到这里，什么都没发生。再千里迢迢回去，太伤自尊了。"我指着黑板问她，你不写点花的种类价格，送货电话，怎么写这么不要脸的招惹桃花的话。她就很鄙视地看着我，然后滔滔不绝地开始讲爱情是件多么多么美好的事。最后白了我一眼说："你就是个只会在家看看书看看电影的书呆子，都不懂生活。"

她的小店没有名字，她的解释是没有哪个名字配得上她的店。小店门口高高低低放着几十盆五颜六色绽放的花，看得出，这些花被护理得很好。

店里三面墙立着几个大木架子，架子上放满剪下的鲜花和花瓣。店里除了一个吧台和一张长木桌，其他空间全用来放花了，整个店简直是个迷你花园。吧台后面有一个水池，水池旁也立着个木架，放着一些水果和杯子，吧台上一个收银台，一个榨汁机。

聚会很成功，三个多小时，没有冷场，也没有尴尬。共十二个人，每人一个菜，地点定在一个叫大卫的人的家里，时间是周日，互相添加了微信后，散会。

聚会那天，五点香香就来敲我的门。她很激动，围着我一直在说话,具体说了什么我一个字都没记住,因为我正忙着炒辣子鸡。香香做了排骨萝卜汤，这是她唯一能拿得出手的菜。

整个晚餐，荤素搭配极好，大家交杯换盏，气氛很热烈。备受好评的是大卫的西红柿牛腩，可能跟大卫是整个餐桌上最帅的男人有关。

目前所知，大卫是个摩托车手，院子里停着辆哈雷，以我有限的知识，只知道是戴维森的。虽然那晚他只穿着简单的牛仔T恤皮外套，但他豪放不羁的气质还是吸引了大部分人的注意力，香香就在餐桌上流露出满脸的崇拜。

约定完下次聚会的时间后，结束晚餐，各自回家。一路上香香都在问你说大卫有没有女朋友？你说大卫喜欢什么样的？你说大卫是个什么样的人？严重花痴。我懒得搭理她，心知原来这才是她组织聚餐的原因。

两天后，我正准备洗澡睡觉，香香拿着瓶红酒跑来找我。她进门就说你知道吗？大卫没有女朋友。我扶着门骂她花痴，她却自顾自进厨房拿了杯子，开了酒往沙发上一躺。看她这架势，我知道我的早睡计划泡汤了。

香香居然聚餐当晚就和大卫微信上了。她浏览了大卫的每一条朋友圈，把他爱去的酒吧咖啡馆、爱喝的酒、爱吃的东西、爱穿的衣服名牌搞得一清二楚，最重要的是知道了大卫目前单身。于是，这两天，这货居然偷偷跑去大卫爱去的酒吧等着和他偶遇。

我倒在沙发里，听她絮絮叨叨讲关于大卫的一切，然后绝望地呼唤，神啊！救救我。我警告她："你小心哦！摩托车手很花心的。"她却连连用她的大白眼瞪我，说我是忌妒。

一周后，香香终于在大卫爱去的咖啡馆和他偶遇了，但他身边围着一群身着皮衣紧身裤长筒靴的酷哥，香香连和他搭话的机会都没有。

香香很苦恼，跑来问我。我给她支招，要她去向大卫请教西红柿牛腩的做法。她买了两斤牛腩，真的跑去了。之后，我越来越后悔给她支招，因为自从那次学菜的亲密接触后，香香更迷恋大卫了，每晚提着牛腩来给我做菜，一边做一边说大卫切菜时多帅，炒菜动作多性感。香香为我做了那么多西红柿牛腩，直接导致我后来看到牛腩就反胃。

香香忙着追大卫，而一个叫梁子的家伙却天天向我打听香香的动向。梁子曾经是个操盘手，现在闲人一个，每天的工作就是炒股。上午九点到十一点半，下午一点到三点对着电脑，其他时间用来看书和向我打探香香。

有时，梁子会带着酒菜来找我喝酒，我家好像一下变成了消息传达室，香香每日来向我汇报她和大卫的进展，而梁子隔三差五来打听香香的消息。

梁子是个标准的居家男，不抽烟，很少喝酒，不去酒吧不玩户外。他爱帮助别人，群里谁家水管漏了，灯泡坏了，车子故障，装修院子他都会去帮忙。当我马桶漏水时我第一个想到他，果然，一条微信后，他就拿着工具过来了。

为了感谢梁子的帮忙，我请梁子吃饭，特意叫上香香。梁子主动请缨买菜做饭，但香香却跑去看大卫他们组织的机车会，没能赶回来吃饭。梁子强颜欢笑说着，没事，下次下次。但眼里明显透着失望。

我叫梁子去香香店里帮忙送花，梁子去了半天就回来，因为香香跟着大卫骑摩托车去环海了。

两个月后，聚会队伍越来越壮大，我借故再也没去参加。但每次聚会的效果菜式，甚至谁在餐桌上说过什么我都全盘知晓，因为香香每次聚会完都会向我报告一遍。

我忍受不了她的折磨，直接怂恿她表白，这一表白，她绝望了，大卫直接拒绝，只给她发了张好人卡。她不管，每次聚会依旧乐呵呵地去参加。

香香说她知道梁子对她的意思，但她不喜欢太老实听话的男人，她喜欢充满阳光、潇洒不羁，这样的男人才有男人味。

我骂她贱，喜欢她对她好的不要，非得上赶子去追一个不喜欢她的。她说没办法，她就是喜欢挑战。

可能很多人都是这样的。喜欢自己的，对自己百依百顺的反而觉得没魄力，不稀罕。对自己忽冷忽热、视而不见的却爱不释手。我们都执着地追着喜爱向前跑，却很少回头去看看身后的人。

花开花谢，时间从不停留，香香还是会特意去大卫爱去的酒吧，还是会继续参加聚餐，梁子也依然会去花店帮忙，会继续参加聚会，一切都很和谐，一切都照旧运行。

也许正如香香所说，生活是条单行线，前方永远在前方，而后方不存在。

直到大卫在一次骑行中遇到他的真命天女，两人以迅雷不及掩耳之势快速确定关系。这个结局让香香疯了，她不仅百度那姑娘的信息，还四处打听，得知那姑娘在一家酒吧驻唱，居然死皮赖脸拉着我去看。

舞台上，那姑娘一件红色破洞吊带，一条紧身黑色皮裤，十厘米的高跟鞋，黑色长发直直垂下，大眼睛，小嘴巴，绝对算得上美女。灯光下的她，妖娆中带着帅气。我望着香香，这下死心了吧！

香香回家闷了一个星期，不出门，不打理花店，梁子倒依旧每天去店里帮忙浇水送花。一个月后，香香疯了一样出现，因为大卫和歌手美女掰了。据说，两人一起骑车环游东南亚，还没完成一半，两人都心照不宣地放弃了。于是，香香又活过来了，从此愈发不可收拾。

在这个依山傍水的边陲小镇，有的是闲情逸致，一见钟情、一往情深、分分合合的感情都太多，大家习以为常。如同冬樱花开完了，春樱花就登场了，一年四季都有数不尽的花开花谢。

香香依旧组织活动，依旧有事没事往大卫的圈子凑，梁子依旧一边炒股一边帮忙打理花店。

他们三人像一个怪圈，随着花开花落旋转着，很奇怪，也并不奇怪。

炸鸡女孩的台湾梦

不是相爱不能在一起，也不是在一起后又失去，

而是人走了却留下了抹不掉的回忆记号。

这些记号都无时无刻不在提醒着曾经和那个人在一起的点点滴滴，

要无视这些记号的存在才是最艰难的。

我的上一任房客是个特别瘦的男孩，英文名叫 Henry，一个很普通很大众的名字。

当时的我因为住的地方窗户正对着棋牌室，所以从上午九点到夜里两三点都充满了麻将和嬉笑声。每次工作，写到关键时候总会被对面的自摸、杠开等哈哈大笑声打乱。我曾经隔窗投诉过几次无果，想着麻将可能是辛劳一辈子的退休阿姨们唯一的生活乐趣了，便作罢，只得自己找地方搬走。

在豆瓣上看他发了租房贴，原因是要回台湾。他租房的信息发布得很详细，房屋大小、地理位置、房租水电的交接都一应俱全，连门窗的朝向、太阳照射的时间都有说明并附上图片。

第一次见到 Henry，他的瘦让我吃惊。进入屋子后，我差点没被浓重的烟味熏晕过去。他带我看了房子，由于正在收拾搬家，屋子里乱得迈不开腿，整个客厅杂七杂八堆满纸箱、风扇、厨具和鞋子。

这是个三层楼的独院，一楼是个二十多平米的客厅，放着两个高桌和一个茶几，还有两个沙发椅。一个简易厨房、一个卫生间和一个不足十平米的院子，院子里有棵樱桃树，此时正挂着一个个嫩绿的小樱桃。

二楼是一个卧室和一个卫生间及一个三四平方米的小阳台用

来晾衣服，卧室里一张一米五的木床和一个衣柜及一张写字台，床对面的墙上挂着电视机。写字台上堆满画稿和作画工具，床上横七竖八地堆着一些衣服和被子，衣柜里挂着几条裙子，他很尴尬地笑笑说是女朋友的。

三楼是一个斜屋顶阁楼，放着两个简易衣柜、两个置物箱、一张折叠床、一个画架，旁边同样堆满画稿。三楼阳台很大，因为是端头房视野很好，可以看见远处的田野和海。此时，夕阳正映在海面上，整个海面铺着淡淡的红光。

我一边看房一边设想住进来后怎么布置，想着把三楼变成书房，写字累的时候可以看看远处的海和田野。

通过交谈得知，Henry 是台湾人，两年前旅行到这里，因为喜欢这里的环境便租了房子居住下来。他是插画师，为杂志和报刊供稿，有时也给出版社的图书配图。他说因为签证和一些工作原因，现在要回台湾。他的画大多是清新的风景，色彩淡雅精致，意境很美。

这个小区坐落在半山腰，小区里有条小溪，环境很优美也很安静。其实，我对房子的要求并不高，安静，有厨房，有二十四小时热水，有网络可以工作就行。房子不要太大，一个人住太大的房子显得空旷。这个房子比我想象的更符合我的要求，便毫不犹豫地交了定金，约定搬家时间。

搬完家，我用了一个星期每天开窗开门通风，点上香薰才慢慢消去烟味。他离开的时候把家里收拾得很干净，看得出来，认真地拖了地，打扫了厨房。房内也留下了一些他无法带走的东西，一个咖啡机、一罐咖啡豆、两个精致的英式咖啡杯，还有几瓶写满英文的奶茶调料粉和一罐红茶、两幅海边的油画和一个密封得很好的箱子，箱子上写着千阳的名字和电话。

我找了个箱子，把这些东西收了进去，我想也许有天他会需要我寄送。而且别人用过的东西，我也不太想使用。

一个星期后的一天深夜，我正在三楼书房码字，楼下响起砸门声。我冲下来打开门，一个女孩哭着站在门口。她不由分说，直接冲进屋喊着 Henry 的名字楼上楼下找。女孩长发，穿着棉麻碎花裙，很清新很文艺的样子。

这个女孩就是千阳，我想 Henry 留下的那箱东西便是她的吧！

千阳一屁股坐在沙发上，开始抽我茶几上的烟。我给她倒了杯水，她看上去很疲倦，像是好多天没有休息，也像是从很远的地方赶过来。她接连喝了三杯水才说她是 Henry 的女朋友，叫千阳。我刚说 Henry 已经离开，留了箱子给她，她的眼泪就掉了下来，一直喃喃说这次是真的了，他当真走了。

千阳坐了半个多小时，才说能不能在这里借住一晚，她没有力气回家了。我把两个沙发椅并在一起，给她拿来毯子，她就缩在里面沉沉睡去。我继续上楼工作。

第二天我起床的时候，她已经离开了，带走了 Henry 留下的那个箱子。茶几上放着两个煎蛋和一杯咖啡，我用手一摸，已经冷掉了。

之后，千阳借故拿东西来过几次，每次都给我带一盒炸鸡，然后站在樱桃树下抽烟发呆，我想那树下一定有很多她和 Henry 的幸福时光。

那段时间，千阳看到屋里的任何一件物品都能说出一段往事。

洗水池水龙头上缠着的胶带，是一次吵架 Henry 扔水杯砸坏后黏上的。马桶边挂纸巾的淡蓝色盒子上的画是 Henry 教她画的。画着两个牵手小人的插花土陶罐子是 Henry 道歉的礼物。书架上黏着的纸做台灯是她送给 Henry 的生日礼物。阳台上晾衣服的木架子是她和 Henry 一起做的。樱桃树上有一个草编的鸟窝，是她说想看到小鸟，Henry 特意做了挂上去的。她说这些的时候，脸上写满忧伤。

我提议让她把这些东西都带走，她却坚决不要，但隔三差五总会过来看一看。

这幢小房子装满了她的回忆，一个灯泡、一棵树、一枚钉子，都记录着他们生活的痕迹。

我想爱情里最难的不是相爱不能在一起，也不是在一起后又分离，而是人走了却留下了抹不掉的回忆记号。他喝水用过的杯子，他用过的螺丝刀，他画的画，这些记号都无时无刻不再提醒着曾经和那个人在一起的点点滴滴，要无视这些记号的存在才是最艰难的。

千阳在十几公里外的一个大学门口开了一家炸鸡店，卖炸鸡和汽水，也卖炸鸡饭，提供外卖。Henry 喜欢吃炸鸡，但不喜欢出门，千阳经常为他送外卖，两人渐渐就熟悉了。千阳喜欢看台湾电影，里面的风景、文艺气息吸引着她，所以励志一定要存钱去台湾。得知 Henry 是台湾人，还是插画师，一个电影里才出现的职业后，千阳便把对台湾的热爱一股脑地投到 Henry 身上，而 Henry 也被千阳的漂亮和她做的美味炸鸡吸引。

两个人在一起生活了一年多后，发现不同的地域、不同的生长环境和教育背景让他们在很多事情上的看法都相差巨大，两个人经常因为一些小事争吵不休。Henry 是个插画师，大部分时间都坐在画架或电脑前画画，小部分时间抽烟看电影，这和千阳想象中的插画师相差太多。

他没有带她去海边看过日出，也没有带她去山上写生，千阳每天开店做事忙得焦头烂额，回家还要为 Henry 做炸鸡洗衣服。他们的生活单调甚至枯燥，Henry 是个宅男插画师，有了千阳后，更加没有外出的理由。有时千阳吵闹，Henry 就勉为其难地骑车带她去一次海边，但次数多了，吵闹不再管用。

两个人分分合合折腾了半年多的时间，Henry 终于放弃了，决定收拾行李回台湾。千阳也筋疲力尽，锁上店门回了趟湖南老家。

他们没有正式说过分手，但一切都顺理成章地结束了。千阳再回来的时候，Henry 已经离开。

不工作的时候，我会去千阳店里吃炸鸡。她的店面很小，但并不妨碍她很认真地做炸鸡，她说那是她的全世界。

她做炸鸡的时候，认真专注，每一块炸鸡都小心翼翼，这和平日那个娇滴滴哭兮兮的女孩大不相同。

有段时间，我开始忙碌，每天大部分时间对着电脑码字，和小区新朋友的关系也越见浓厚，经常一起吃饭散步，和千阳的联系便渐渐少了。

感情消失以后，我们总要有一段时间让自己放空，然后才能渐渐遗忘，我想，千阳大概已经进入遗忘阶段了。

她来的次数也越来越少，不知道是因为太忙还是觉得已经没有必要再在回忆里沉陷，但她依旧喜欢看台湾电影，依然在存钱去台湾，她的梦想没有改变。

几个月后的一天，朋友到家里做客，突然说起炸鸡。我打电话请千阳送点外卖，来的却不是千阳，而是一个男孩，戴着眼镜，瘦高个，眉宇清秀，听他说话带着很浓重的台湾味。

千阳说他是台湾的，在她店对面的大学里读研究生。他几乎每天都会去她店里吃炸鸡，也经常邀请她一起看电影。男孩很喜欢她，他们已经决定，暑假的时候一起回台湾。

我问千阳去台湾做什么呢？千阳淡定地说开炸鸡店做炸鸡。我想，她的炸鸡在台湾一定会很受欢迎。

鱼香肉丝为什么没有鱼

这个世界是公平的，当一个人伤害了你，

一定会有另一个人来弥补，

你所受的伤害也会有人加倍地补偿于你。

大军玩户外已经很多年了，我认识他的时候，他已经是个很专业的户外领队。周末、五一、国庆，他都会带队出游，赚点外快添置户外装备。

大军在一家网络公司上班，每日对着电脑编程序写代码。那时我们公司每个季度优秀部门都有两天出游的奖励，由于他为人耿直，做事认真，很快便成了我们公司的固定户外领队。

第一次露营，大军带我们去了一个叫月亮谷的山谷。公司配了两辆七座商务车，共十二个人，后座上塞满帐篷、睡袋和零食。中途在一个小镇菜市场停留，吃了简单的午餐并采购足两天的食物后，我们就向月亮谷进发了。

到达月亮谷需要绕过两座山峰，车子只能停留在村里，我们背大包前行了三个多小时才到达。

由于是第一次露营，所有人都没有经验，不知是谁买了个十多斤的大西瓜，我们经理一路提着翻越三个多小时山路，每走几步就停下抱怨几句："背包已经够重了，谁还那么缺心眼儿买个大西瓜。"

我们都开玩笑说，为了让经理减肥，请经理接受我们的良苦用心，但没人敢承认。我们部门经理是个很随和的人，工作严谨，但私下从来不摆架子，爱和我们开玩笑，也经常请客聚餐，我们犯错的时候他会替我们挨骂，所以我们喜爱他也并不害怕他。

大军找的向导是个四十多岁的男人，网名叫大炮，一身迷彩，据说做饭很好吃。大炮话很多也很幽默，一路上都在给我们讲他露营时遇到的趣事。

到达营地，我们都坐在地上气喘吁吁，只有大军，拿出铲子，敲敲打打把营地的杂草石头除去，然后开始教我们搭帐篷。他很认真地给我们讲解了帐篷的基本构造，以及如何选地面，如何固定等，一边讲解一边示范。看着他很简单就完成，我们七手八脚却花了很长时间，不是把外层装反就是把地钉打歪。

营地在一条小溪边，流水声、鸟叫声、风吹过树林的声音都让我们兴奋不已，拍照采花忙得不可开交。每日坐在死气沉沉的办公室，面对着枯燥的电脑，呼吸着空调吹出的冷风，突然到这个风景宜人的山谷，满眼的绿色让我们都忘记了来路的辛苦。

男生负责找柴搭灶生火，女生负责择菜洗菜淘米，大家开着玩笑，忙忙碌碌做着晚餐。这种感觉，像小时候春游，有种过家家的亲切感，连经理都孩子气，偷着朝我们扔石子溅水花。

花了两个多小时，晚餐才做好，一锅土豆焖饭，一盘鱼香肉丝，一盘玉米豌豆，一锅辣子鸡，一盆小青菜，这些菜放在一块高低不平的大石板上。大炮还支起烧烤架，五花肉、鸡翅、玉米、土豆、茄子都往上面放。经理还变戏法一样从他背包里拿出两瓶白酒和四五瓶啤酒，怪不得一路上他喊背包太重。

十多个人，筷子不够用树枝，碗不够用锅盖，大家坐着、站着、蹲着围在一块大石板边吃得极香。举起酒杯，伴着流水声和鸟叫声，喝得无比畅快。

经理对他千辛万苦带来的西瓜大力推荐，拼命说这是世界上最好吃的西瓜，我们都跟着频频点头。吃完后他严肃地说，下次谁再敢买西瓜就罚他为大家买一个月早点。

吃完饭，天已经黑了，大军生了个大大的篝火，经理也组织了真心话大冒险的游戏。闹腾累了，大炮就给我们讲他早年去泸沟湖走婚的故事，很骄傲地说自己至少有两个儿子生活在泸沟湖。他说得夸张，我们也并不知道故事的真实性，但在这种气氛下，谁还会去追究他讲的是笑话还是真实故事呢?

我和舍友小霞一个帐篷，小霞是北京姑娘，从北京总公司调过来和我一起做文案。我们有很多共同点，都爱看电影，都爱陈绮贞，总是在聊天时异口同声说出同一个电影名字。因此，当她想从公司男女混住的宿舍搬出时，我毫不犹豫地收留了她。

小霞搬来后，我发现她的衣服基本都是小碎花。她是一个非常小清新的迷糊蛋，单纯，没有任何心计。她经常把自己锁在门外，经常下楼买东西去到超市却死活想不起来要买什么。

最奇葩的是，才上了一月班她就把自己的钱包弄丢了，连同钱包里的身份证和银行卡。她很肯定地说钱包绝对不是上下班路上被偷的，而是自己买东西时忘记了。于是拽着我把她去过的店都跑了一遍，结果还是没能找到，我只能带她去办临时身份证，把自己一张不用的银行卡借给她。

和小霞熟悉后我才知道，小霞是为了躲情伤才逃离北京，主动申请调到分公司的。小霞有一个相恋了十年的男朋友，两人从高中就一直在一起，进入同一所大学后在校外租了房子，明目张胆地同居。小霞很爱她男友，也很依恋他，用她的话说，只要他需要，她甚至愿意把肾给他。

小霞的男友是独生子，他父母给他留着一个四合院和一个合资企业。而小霞不过是工薪家庭出身，他们十年的爱情在他父母眼里一文不值，他父母为了逼迫他们分手，切断了他所有的经济来源。

毕业后，两人努力工作，艰难地生活了三年，男友最终还是放弃了他们的爱情，回到富裕的家。小霞很绝望，十年的感情抵不过一张无上限的信用卡。他走的时候，小霞说："我不怕和你共患难，也不怕和你平平淡淡，但我怕和你半途而废。"小霞用了很多办法来挽留，甚至用轻生来威胁他，但男友还是离开了。

小霞用了半年时间，还是没有办法面对北京这个埋葬了她十年感情的墓场，于是主动申请调到分公司工作。

露营这天，小霞一个人躲在小溪边，用尽力气哭了一场，然后笑呵呵地和我们吃饭喝酒。

那天晚上，大军做的鱼香肉丝很受好评，小霞却一直追着人家问，鱼香肉丝为什么没有鱼，害得大军红着脸无所适从地搓手。

第二天一早，大军早早起床为大家熬了一锅海鲜粥，有蛤蜊，有虾。经理吸溜吸溜喝完粥，无比满足地拍着大肚腩说："这TM才是生活。"并吩咐我和小霞要把这次露营做成PPT，加入到公司以后的招聘宣传中。

上午自由活动，我和小霞脱了鞋子，顺着小溪往下走，经理带着几个男同事顺着山坡上山，声称要去抓野兔，大军则默默地收拾着营地的垃圾。

我们回营地的时候，大家正在声讨男同事小李，原来小李居然毫无常识地跑到上游尿尿，而我们都在下游洗菜淘米。小李哭丧着脸说他不是故意的，我们所有人经过讨论，罚他赤脚到小溪里站半小时。

下午四点多，收拾营地撤退，大军把垃圾分成几袋，绑在自己的大包上。他说："我们来时，这里是干净的；走的时候，也必须保持它的干净。"

回程路上，大军红着脸做这次活动总结，大致表扬了我们也指出我们的一些失误。他说这些话的时候，眼睛一直盯着小霞。回到家，小霞就收到了大军的短信，关切地询问是否平安到家，早点休息祝晚安等等。

之后，大军有事没事请小霞吃个饭，看个电影，意思非常明确。小霞不好意思一个人去，常常拽上我这个灯泡。

熟悉后，大军周末经常买菜来家里做饭，有时带三两好友，他每次都做鱼香肉丝，只因为小霞说过一次鱼香肉丝好吃。

大军话不多，总是笑眯眯地看着小霞。他来的时候会帮忙修水管，帮小霞洗被套、拖地，简直成了我们的全职钟点工。冲着小霞的面子，我们都有恃无恐地开始指使他，他也乐呵呵地答应着。

小霞婉言拒绝过几次，但大军锲而不舍，不带队的周末总是过来帮忙。我经常劝小霞从了大军，他是个会过日子值得托付的人。小霞总是说，十年都靠不住，何况才一年的好。

有段时间，小霞的蛀牙很厉害，疼得整夜失眠，我天天盯着公司平台加班，没时间陪她去看医生，她自己也死扛着坚决不去。正值五一黄金周，大军也不知所终。收假后，大军提着两斤水果来看小霞，然后从兜里掏出一千块钱，说自己带队三天，一天三百共九百，给小霞去补牙。大军那时正在供房，每个月的工资都交了房贷，自己只留下五百元生活费。

那次以后，小霞对大军的态度和软了很多，我问小霞是要一个百万存款却只给你一千的人还是要一个只有九百却给你一千的人。

国庆节，大军带队去爬海拔六千多米却死亡率极高的四姑娘山四峰。那几日，电话、微信都联系不上，网上铺天盖地都是四姑娘山的山难信息。登山队员不慎滑坠，生死不明，紧急救援队已经赶往出事地点。小霞慌了，整日在房间走来走去，最后按耐不住买了去成都的机票，一个人飞了过去。

以她有限的户外信息，加上地图、导航，最后找了个登山协会的向导，终于到达四姑娘山脚的小村，一个人惊慌失措地打听大军的消息。遇到山难的是和大军同一天进山的另一队，在意识到气候不适合的情况下，大军严令整组队员下撤，在大本营修整。后得知另一队遇难，大军参与了紧急救援，但已经三天了，大军还没安全撤回大本营。

在小霞的央求下，向导带她到达大本营，直到第四天晚上十一点，大军和救援队才带着负伤的另一队队员撤回大本营。小霞跪在雪地里，感谢上苍的眷顾，让大军平安归来。大军看着只穿薄羽绒的小霞，心里涌起阵阵暖意。看到她的手和脸冻得通红，大军连忙脱下自己的冲锋衣给她穿上。

这次惊心的历程，终于让两人看到了心里的那个答案。有些时候就是这样，不在生死关头，你永远无法正视自己的内心需求。

这之后，小霞顺理成章地搬离我家。走的时候，一步三回头说会回来看我的。看着他们手牵手离开，我突然有种嫁女儿的悲伤。

我不知道现在的大军和小霞发展到哪个阶段，但我知道大军一定还会为小霞做鱼香肉丝，而小霞一定还会傻呵呵地追着问，为什么鱼香肉丝没有鱼。

这个世界是公平的，当一个人伤害了你，一定会有另一个人来弥补，你所受的伤害也会有人加倍地补偿于你。

忙碌的红豆酸菜汤

就像这生活的艰辛，每个人都有一个属于自己的麻袋，

再苦再累，你都必须承担自己的部分。

生活这条路，没有人能替你走。

你有抱怨的时间，为什么没有好好工作的时间呢？

你不开心，只是因为你太闲了。

大学毕业的时候，我拍了三个短片作为毕业作品，名字分别是《疯子》《傻子》和《小贩》。

《疯子》讲述了立交桥下一个常年穿一件又破又脏绿色军大衣的指挥交通的男子。立交桥下没有路灯，时常堵车，也没有交警，甚至还有卖水果、烧烤的小摊，他就常年在立交桥下指挥交通。一年，两年，五年，十年，每天都见到这个穿着破破烂烂军大衣的黝黑男子。他看上去疯疯癫癫，但指挥交通却专业认真，时间长了，开车经过的人都愿意听从他的指挥。

《傻子》是讲述一个贫穷的环卫工人，每天打扫卫生时会把垃圾箱里的钱包小心翼翼地收好。如果里面有身份证、银行卡等重要证件，若有名片能联系上他会联系失主。很明显，联系不上的他会登报寻找失主，这些钱包大多是小偷偷完取走现金后直接扔进垃圾桶的。归还钱包，他从不索取回报，失主感激主动给他，他也只是傻傻笑着不收。他就这样几十年如一日默默地收捡别人的钱包。

他的家一贫如洗，简易的石棉瓦搭着两面漆黑的墙，一张破烂不堪的床，床前是砖头搭成的炒菜灶台。因为儿时得过小儿麻痹，右腿走路有些瘸，已经四十六七的人一直找不到对象，当了环卫工人后才靠着微薄的工资勉强度日。

思量再三，我最终选用了《小贩》。这部短片讲述一对普通得不能再普通的卖菜夫妇。他们生活在社会最底层，每天和我们擦肩而过，从来不会引起注意和尊重，但他们对生活的热爱让我敬佩。

我用了两个多星期跟拍一对卖菜的小贩，那段时间我和他们同吃同住，了解他们的日常生活。

老魏夫妻年近五十，生有一儿一女，女儿正在上高中，儿子初中刚毕业。他们生活在离省城三百多公里外的小县城里，像很多平凡的夫妻过着平凡的生活。

他们开一辆小货车，平均一周上一次省城进货，然后赶邻近小镇的集市卖菜，生活极其单调却繁忙。

他们的家是当年结婚时分家得到的一幢小红砖房，一个三十多平米的院子。院子一角搭了个简易厨房，一楼有一个十多平米的客厅和两间七八平米的卧室，楼上是用木板搭出的一个阁楼，堆放着杂物和一张床，算是儿子的卧室。

凌晨四点多，老魏的妻子起床生火，煮面条或炒饭，他们还在用烧木柴的小灶做饭。老魏妻子端坐在灶前生火，灶里若隐若现的火光印在她常年暴晒之下高原红的脸上，像一幅人文油画。

寒冬的早晨，厨房的玻璃上积满霜雾，轻轻哈一口气，水滴就顺着玻璃滴落下来。

老魏起床的第一件事，不是洗脸刷牙，而是发动车子。冬天寒冷的气温会使货车水箱结冰，需要热车。他俩伴着车子的引擎声开始吃早饭，吃过早饭就出发到省城进货。从县城到省城的路都是高低不平的盘山土路，不早点出发就买不到新鲜的蔬菜。

夫妻俩在车上就开始盘算要买的蔬菜，为了不让睡眠不足的老魏一个人开夜路，妻子总是家长里短找话和老魏聊天。

我们行进在漆黑的盘山路上，整个世界安静得几近阴森。除了发动机的声音，只剩下风吹过树林发出的怪物一样的嘶吼声，好像全世界只剩下我们这辆车。山林的凌晨布满浓雾，灯光只能照射到前面不足十米的地方，常常会遇到一个突如其来的急弯或一个水塘，让我一阵阵冒冷汗。

两个多小时后，路面开始慢慢变成浅蓝色，然后变成灰白色，路边闪过一排排黑色的树影，接着才能看到太阳慢慢升上山头。老魏喝口浓茶，揉揉眼睛，继续开车。

五个多小时后到达省城，由于货车进不了城，只能沿绕城高速绕到蔬菜批发市场。第一次进蔬菜批发市场，里面的情景让我大吃一惊。满目全是从各地赶来的货车。大家打开货车后门，亮出几十吨的蔬菜讨价还价。地上堆满坏掉的蔬菜叶子，整个市场喧闹而杂乱。

有人说，菜市场是人间烟火最浓的地方，但我看到的只有烟火，没有人间。

老魏夫妇经过讨价还价，称斤上货。我抬着 DV 跟着他们挤在人群里，耳边全是杂乱的各地方言汇集的讨价声。他们进货最艰难的应该是选择，因为菜品繁多，菜的质量和价格都要把握准确，不然，一车菜很可能不赚钱还亏本。

因为要赶时间，中午老魏夫妇一般就吃自己带的包子馒头，奢侈一点就来盘炒饭。上货是体力活，一袋两百多斤的土豆南瓜，老魏需要从市场最左边背到最右边，因为用别人的推车是需要另外加钱的。一车货基本要到下午六点才能全部装好，两人没有时间吃饭，还得连开五个多小时回家。十一二点到家，吃点女儿扣在碗里的冷菜冷饭，两人要开始下货，并准备好第二天赶集要卖的菜。

这样的一天，基本从凌晨四点忙到第二天的凌晨三点才能休息，而且全部都是重体力活。有时放下 DV，我很想帮他们上货下货，但那满满大袋的蔬菜，不是我能扛得动的。

就像这生活的艰辛，每个人都有一个属于自己的麻袋，再苦再累，你都必须承担自己的那部分。

第二天早上六点，开始起床赶集卖菜。把土豆倒出来，把番茄一个个码好，把白菜最外面的坏菜叶摘除，把黄瓜一排排堆放整齐等，这些琐碎的事情也要花去一两个小时。

由于长年的卖菜经验，两夫妻的心算都极其厉害，称完菜几秒就能准确算出几块几毛。人多的时候我会帮忙装菜，但如三斤六两、一斤四两这样的算术我总是算不过来。通常情况下，我会帮客人撑着袋子，称完直接回头告诉老魏多少斤，老魏负责找钱。

这是一个只有三条主街的小县城，用不到半天的工夫就能徒步翻上一遍。一条主街全是餐厅，餐厅门口挂着一条条牛腿羊腿，肉皮猪肠。赶集的时候，餐厅门口铺满农作物，稻子、玉米、土豆和一些完全叫不上名字的粮食。

一条是服装街，各家店内卖的大多是过时的廉价衣服，也有几家自己缝制衣服的小店，唯一一家专卖店是都市丽人内衣店。赶集时这条街边主要卖锅碗瓢盆、刀斧锄箩等，简直应有尽有。

还有一条就是集药店、百货、鞋店、早点店、网吧、礼品店、发廊甚至农药店为一体的杂货街。这条街位于当地小学和中学之间,穿着蓝白校服的学生每日上学都要如唐僧取经般经过农药店、网吧、发廊，这样的规划很不合理也很不厚道。

县城最大的供销社旁边有一条小小的巷子，这条巷子就是赶集时的蔬菜市场。小巷地板坑坑洼洼，长年积水，大家就在地上铺上油布或袋子，放上新鲜嫩绿的蔬菜开始叫卖。

老魏夫妇不止在自己住的县城卖菜，有时还会开车到其他小镇做生意。日复一日，年复一年，他们就这样每天起早贪黑进菜卖菜。这样的生活持续了十多年，直到把女儿供进大学，儿子进入中考。

我有时看着在饭桌上打盹的老魏，问他觉得生活艰辛吗？他说自己没上过学，也找不到其他可以做的事。这样虽然艰苦，至少让儿女能吃饱上学。比起农民工，他已经很幸福了，至少妻子孩子都在身边。

老魏的妻子不仅要买菜卖菜，还要兼顾家里一切家务，洗衣做饭、拖地喂鸡，有时忙得坐下就能睡着。我问她，开心吗？她很淡定地反问我为什么不开心。等孩子长大工作，结婚生子，她就可以每天睡到自然醒。他们对生活的要求很低，对幸福的要求也很低，只要能好好睡一觉，对他们来说就是幸福。

跟着老魏夫妇吃住了两周,见得最多的一个菜是红豆酸菜汤，老魏很爱吃。每天临睡前，老魏妻子会把豆子用冷水浸泡上，第二天早上放进老式高压锅，炖上一个多小时，上货的间隙老魏妻子会抽时间加几次柴火。货上完，豆子刚好熟，吃的时候，用油炒一下，加上一把自家腌制的酸菜，放点盐，就是一碗浓郁香稠的红豆酸菜汤。每次，老魏把红豆汤浇在白饭上，这样的搭配他能吃三四碗。

有时，老魏妻子不忙，会在红豆里加上排骨或猪蹄，这样味道更加丰富香糯。看着老魏吃得满足的样子，我也似乎喜欢上了这道菜。离开他们后，我自己试过几次，但都做不出老魏妻子那样的味道。我想大概是，我没有柴火灶和老式高压锅的原因。

这个菜，老魏夫妇吃了几十年，依然钟爱，犹如他们的生活，简单平凡却踏实稳定。

跟着老魏夫妇生活了短短两周，我明白了一个深刻的道理，你不开心，是因为你太闲。

老魏夫妇感情很好，大概他们根本没有时间吵架，也没有时间去想自己开不开心，对他们来说，每天能多睡半小时就是幸福。他们没有抱怨出身不好，也从不羡慕别人，他们每日就这样踏踏实实尽最大的努力做自己能做的事情。

后来，老魏夫妇联系我，说儿子在医院住院。我赶过去探望，才知道他儿子和人打架了。大概原因是他们摆了十多年的摊位，没收到通知就被租给了别人。忠厚的老魏去找摊主理论，却被摊主赶了出来。

年轻的儿子哪里忍得下父亲被欺负，私自跑去和摊主理论，不料说着说着动起手来。刚初中毕业的儿子自然不是对方的对手，肩膀上被连砍两刀，左边肋骨和左手都骨折了，最要命的是，大出血的他是非常少见的RH血型。老魏夫妇不懂，哭着请求医生抽他们的血给儿子。我只好请在电视台实习的同学帮忙报道请求社会支援。老魏儿子在重症室待了三天，那三天，老魏妻子像疯了一样，每天趴在玻璃上往里看。老魏女儿才上大二，跑前跑后，急得团团转，四处打电话借钱。

电视台报道后，也有很多好心人来医院送衣服送钱，看望老魏夫妇。老魏给人下跪感谢，老泪纵横。

老魏和我说，天下还是好心人多。我哽咽着没说话，心里却想，这些苦难是他必须要经历的吗？他的儿子才十四五岁，正是青春最好的时候。老魏儿子苏醒后，老魏妻子才算活了过来，忙着做吃的喝的给儿子补身体。我每次过去看他都给他带点鸡腿鸡翅，他很喜欢吃。

我找学校法律系老师介绍律师帮他们起诉，要求赔偿。官司赢了，但对方的赔偿金却迟迟拿不到。

这件事过去已经很多年了，我现在想起老魏夫妇，心还是忍不住会堵得难受。去年，老魏儿子结婚，带着新娶的小媳妇开了餐馆并接班老魏夫妇的卖菜生意。他们盖了新房，买了店铺，换了新车。今年，老魏当上了爷爷。

时间是最好的良药，除了老魏儿子肩上的刀疤，他们好像什么都不记得了。老魏夫妇帮儿子守店带孩子，儿子能干听话，儿媳聪明勤快，他们还是那样踏踏实实，勤勤恳恳地一天天过日子。不抱怨，不奢求，每天平平淡淡的柴米油盐，这才是生活本来的样子。

生活中经常听到各种抱怨，没有漂亮衣服，没有称心男友，没有如意工作，没有苹果新款手机，没有房子车子，等等。你有抱怨的时间，为什么没有好好工作的时间呢？你不开心，只是因为你太闲了。

洋葱少年艾文

思念，在雨季显得格外悲情。

每当看到多多一边哆嗦一边喝冰咖啡的样子，

我和朋友都不约而同地皱眉。

其实多多自己也没信心，艾文会不会回来，

就如同硬币的两面，无论哪一面都不会让人感到意外。

艾文是一个流浪理发师，第一次见他是在一个叫柴米多的创意集市上。那是个每周六的草地集市，原是一个客栈老板图热闹自发的活动，没承想规模越做越大，参与人数越来越多，就变成了这里一个特色集市。

集市产品不限、种类不限，几乎什么都有卖的，有自家种的蔬菜，自已做的甜品、手工艺品、花艺、桌椅餐具，也有人卖现磨咖啡。

总之，有人卖创意，有人卖手艺，有人卖歌喉舞技。只有你想不到，没有你看不到的。就是这样一个集市，聚集了投奔到这里的来自五湖四海的人。

集市在环海路边一块草地上，顺着一条石子大道，两旁是高大整齐的柳树，阳光透过树叶斑驳洒在石子路上，映出一个个奇异的倒影。集市草地很大，旁边一个湖泊。每到周末，有人摆摊，有人放风筝，有人划船射箭，有人干脆遛狗遛小孩或铺块垫子，摆上茶具喝茶晒太阳。

在摆摊的人群中，有一个金发碧眼的少年，金色长发绑着脏辫垂到腰间，他是个瘦高个，蓝白色破洞牛仔裤和卡其色短筒靴仿佛陪他走过一个世纪。他的摊前一把椅子、一面镜子、一把剪刀、一张手写海报，无论男女，十元理发。

从北京雾霾里逃回大理开咖啡馆的朋友抓抓几个月没打理的头发，抱着试试的态度理了一次，从此遇到熟人就开始推荐。朋友理发的时候，我有一搭没一搭和他聊天。

他叫艾文，中美混血，曾是个发型师，帮国内一些知名影星演员设计过发型，收入颇丰。用他的话说，他不想像他的师父一样迷失在金钱帝国里，于是放弃大好前途，带着一把剪刀做了一名流浪理发师。

他凭着一把剪刀和一个背包，从北京到西安，再到拉萨、尼泊尔、印度、缅甸、泰国、老挝、越南，再回到云南。这一路，他经历了很多从未想象过的事情，第一次吃蟒蛇蚂蚱，第一次掀开黑纱帮女子剪发差点被揍。他帮失恋的印度男人找回自信，帮被欺骗的尼泊尔女子回击出轨的丈夫，帮越南捡垃圾的大爷赢得尊重。这一路，他用一把剪刀帮助了他们，把美丽赐予他人，也让别人记住了他和他的笑声。

半个多小时的理发，艾文收了十元钱，朋友实在满意，反倒有点过意不去。是的，十元钱，吃个早点都不够，却给了朋友一个嘚瑟的理由，逢人就说，看我的新发型。

朋友给艾文留下微信，请他到咖啡馆喝咖啡。我白了她一眼，若艾文不帅，她才不会轻易把微信给他。朋友是典型的北京大妞，之前我的同事。我们两人都被文学梦驱使着相继辞职，更巧的是我们两人相继出版了书。在雾霾一天比一天严重下，她终于按捺不住，提着行李来大理投奔我。我继续做个写字混子，她却折腾着开了个配送简餐的咖啡馆。于是，我们更加肆无忌惮地胡混在一起。

第二天，艾文果真来了。艾文点了一个牛肉汉堡和一杯冰咖啡，一再强调要多点洋葱。朋友给他切了两块厚厚的洋葱，轻微扒过后分别放在牛肉的两边，再放到铺着生菜和番茄的汉堡胚里。艾文一边吃一边朝朋友竖大拇指，说这是他在大理吃过最好吃的洋葱汉堡，这之后，艾文几乎每天都来，必点洋葱牛肉汉堡和冰咖啡。时间长了，我们都叫他洋葱少年。

艾文十岁的时候父亲意外离世，于是母亲带着他回到了中国。来到中国的艾文因为语言文化等差异，加上母亲每日忙于公司事宜没有太多精力照顾他，艾文只能跟着保姆一起生活，一度变得孤僻内向，除了上学大部分时间都宅在家里玩游戏。

在陪同母亲剪发的过程中，他看到理发师潇洒娴熟的理发动作，听到剪刀剪断头发的咔擦声，心动不已。剪发前的母亲疲惫慵懒，剪发后的母亲却心情愉悦，带他去逛街买衣服，他渐渐迷上了这个职业。

十岁之前的记忆在艾文心里是个宝箱，洋葱汉堡就是打开宝箱的钥匙。那时每周末，父亲都会在院子里为他洗头剪发，他总会偷偷仰起头看认真剪发的父亲。阳光照在父亲金色的头发上，一层层泛出金光。母亲总是在他们剪完发后为他们做两个洋葱汉堡，然后温柔地看着他们吃，他就躺在父亲的怀里，偷吃父亲汉堡里的牛肉。

父亲离世后，再也没人在周末为他洗头剪发，母亲也再没做过洋葱汉堡。

我们记起一件事，一个人，或许只是记得当时那个味道。

艾文从此对发型设计的迷恋超越了游戏，母亲虽不舍他从事这个辛苦的行业但还是支持着他，送他到法国学习发型设计，那年他才十六岁。在法国经过六年的学习和实践，他已经变得老练专业，可以独当一面。

回国后的他开了自己的工作室，在行业内也渐渐有了名气，很多明星找上门来，收入一路水涨船高，但他却越来越没有灵感，越来越觉得浮华的生活不适合他。他果断地关闭工作室，名下的房子全部出租，靠着房子的租金他开始踏上一条流浪理发师的路。

刚开始的时候，在马路边，拿着剪刀的他不知道要从何下手。没有空调房，没有助手，没有音乐，没有灯光，没有私密的空间。在开放的马路边，众目睽睽之下，窘迫的他整个身体和双手仿佛已经失去知觉。

他还记得他的第一个马路客人，是一个路边修鞋的大爷。他看着大爷常年没打理的头发黏糊糊地敷在头顶，瞬间懵了。他正想着如何拒绝大爷，谁知大爷先开口了，小伙子，随便剪，实在不行给大爷推个光头，没事的。他看着大爷朴实的笑，才战战兢兢开始梳理修剪，就在第一剪下去的时候，他沉睡的灵感回来了。

他说，从来没有过那样的安静，他仿佛能听到自己剪发时的呼吸声。这一次，他不用去想顾客是谁，明星、老总、演员都没有，只是最最单纯的剪发。不需要去刻意讨好客户，不需要考虑染发烫发，只是剪发，与他对话的也只有头发。他给大爷剪了个干净沉稳的短发，配合他久经风霜的脸，竟也有种成熟苍劲的感觉。

那之后，他终于知道自己该做什么，他的存在可以通过发型把更多的人变美丽、变自信。

艾文不光帮人剪发，在剪发的同时，他也会告诉客人以后如何打理自己的头发，甚至花上几天的时间来教他们如何修剪自己或家人的头发，在他心中，童年父亲为他剪发的记忆始终在驱动着他，让他变得柔软温暖。

对于爱情，艾文只字不提，他说有些人注定流浪，何必连累别人的牵挂。虽然他一再表态自己无心恋爱，但围在他身边的女孩还是很多，在这些女孩中，有个叫多多的姑娘。她总是在艾文来吃饭时跑过来，默默地坐在艾文旁边的桌子上，点同样的汉堡和冰咖啡。

多多是隔壁服装店的老板，一个大大咧咧的哈尔滨姑娘，齐耳短发烫成小波浪，像顶着两片炸开的方便面。我们开玩笑叫她泡面头，她总是笑着用手抓抓头发说这样省事，每天都可以不用花时间梳头。

她为人大方风趣，虽然从未上过专业课程，但对服装有着独特的眼光。她店里的服装大多是自己设计缝制，她的衣服把民族特色和时尚结合在一起，做成多多自己的特色。在她的妙手下，一块窗帘、一块破布都可能成为一条独特的裙子。她的小店也布置得文艺气息十足，四周挂满衣服皮包，小店正中一个大大的工作台，旁边是一台跟随了她十多年的老式脚踏缝纫机。工作台上堆满布料针线，有时，灵感来了，拉开架子，可以热火朝天干上几天几夜，那台古旧的缝纫机能吱吱呀呀响上几天。

在艾文没出现的时候，这家伙只吃培根三明治配上一碗水果沙拉或蔬菜沙拉。她一直想找艾文帮忙剪发，却舍不得自己的方便面头，于是变着法地请店里的老顾客剪发，买一件衣服送一次理发。她对客人说，她的服装如果配上艾文设计的发型才是最好的状态。有客人真的需要，也有客人纯粹为了给她和艾文创造见面机会。她就在店门口搭起一个简易的剪发工作台，把自己的试衣镜搬到路边，然后打电话给艾文。也有客人误以为她的小店是剪发服装一体，临走时拉着艾文的手说谢谢老板，再回头冲她说谢谢老板娘。

有时，艾文还在吃饭，就有客人来等着要理发，导致艾文有段时间直接在多多服装店门口开起了理发摊。有客人时艾文去理发，没有客人时艾文就坐在咖啡馆和我们聊天。

看着艾文在店门口理发，多多在店里踏着缝纫机做衣服，两人偶尔抬起眼相视一笑，我感叹那画面太美不敢看，这样认真做事的两个人其实蛮相配的。朋友却后悔，早知该在咖啡馆门口给艾文搭个工作台。

艾文在大理只待了两个多月，由于他是美籍，每年需要回美国居住三个月以上。艾文走后，多多每天都失魂落魄地吃着洋葱汉堡。我们吓唬她，说艾文可能不会再回大理了，他原本就是个流浪者，也许大理只是他路过的驿站。多多就拉着脸，用洋葱皮砸我们，并说我们单身狗在忌妒。

雨季来临，多多把艾文用的工作台搬回室内，每天擦自己工作台的时候也很认真擦艾文用过的凳子桌子。

思念，在雨季显得格外悲情，每当看到多多一边哆嗦一边喝冰咖啡的样子，我和朋友都不约而同地皱眉。其实多多自己也没信心，艾文会不会回来，就如同硬币的两面，无论哪一面都不会让人感到意外。

多多每天到店里，请朋友教她做洋葱汉堡，那是她思念他的方式。每次切洋葱的时候，她都泪眼婆娑，是洋葱让她流泪，还是那个洋葱后面的想念和忐忑让她流泪呢？

雨季过完了，秋天开始金灿灿地来临，环海路边的稻田垂下金色脑袋，路边的树叶泛出红色，艾文回来了。

这一次，他坚定地直奔回多多的小店。我们再见到他的时候，他们已经十指相扣。多多把朋友赶出厨台，自己围上围裙，娴熟地做了份洋葱汉堡，艾文一边吃一边冲她笑。

再之后，朋友失去了一个老顾客，多多找了个本地女孩看店，两人背着行李，带着剪刀出发探寻未知的路。每过几个月，多多会给小店寄回一批做好的衣服，附带搭配详情和价格。

朋友做好洋葱汉堡，对着汉堡感叹，真是教会徒弟饿死师父，这两人居然真的明目张胆私奔了。我知道，朋友是遗憾以后没有十元理发的优惠和水准了。但多多的自拍里，她还顶着她可爱的方便面发型，只是旁边多了个金发碧眼、一头脏辫的艾文。

洪七公和他的传奇红烧肉

七公说，生活不能太过复杂了，想吃就吃，想睡就睡，

一定要把精力和时间都浪费在喜爱的事情上，

简单才能更容易得到快乐。

这是他历经数十年的生活得出的感悟，很简单，却深刻。

在我还没见到洪七公的时候，已经听说了很多关于他的故事，尤其是他的红烧肉，大家说起来的时候还在流口水。

第一次见七公是在海边一个正在开盘的小区社区中心厨房，七公穿着厨师服，微胖的肚腩撑得厨师服微微变形。他带着厨师帽，喜气洋洋地站在门口冲我们打招呼，像个大号招财猫，可爱得让你不禁想去拍拍他的大肚腩。

这个小区坐山面海，环境清雅，像个独立的海边小城。里面设置了一个社区中心，这是个三层小楼，一进门是个迷你喷泉，右边有个种满花草的院子，可以喝茶聊天，二楼和三楼有茶室和包间，包间外一个露天阳台种满了多肉植物，阳台上布置着吊椅和茶桌，站在阳台上，眼前的洱海和远处的古城一览无余。

我第一次来社区中心就喜欢上了这个地方，一壶茶，三五好友，看着洱海，聊天、听音乐、看书都是极美的享受。这才是大理该有的生活，没有繁杂的工作，没有复杂的人际关系，只有淡蓝色的洱海、淡蓝色的天空和聊得来的朋友。

七公今年六十了，但性格完全像个孩子，高兴了会哈哈大笑，笑声爽朗轻快，生气了也会朝你翻白眼。他身上自带亲切光环，和他交谈你可以肆无忌惮，不用拐弯抹角，也不用深思熟虑。

七公爱吃，从他的体型上就能看出来。他自称是个烹饪发烧友，但他的菜无论从色香味还是讲究的装盘上都能看得出功底。作为一个吃货，千万不能跟他聊菜，一个菜从选材到配料到最后出锅他能滔滔不绝和你讲几个小时，讲到你饥肠辘辘，口水直流。

那天的聚会，七公做了黄焖鸡、姜母鸭、煎海蛎和素炒菜心等十多个菜，当然还有他最喜爱的肉夹馍和传说中的红烧肉。金红色的红烧肉微甜却不油腻，入口后整个口腔都是软软的酥香，连从来不吃肥肉的我都连吃了好几块。我后来按七公给的菜谱做过几次，却始终做不出他的味道。

七公是个老男孩，若想吃他的菜，你得使劲夸他，你夸得越狠，他做出来的菜就越好吃。相反，你要是故意和他唱反调，他可以做一盘子红烧肉，在你面前吃得津津有味，你却只能咽着口水干看着。

和七公熟识起来是朋友受邀参加鸡足山九莲寺的大雄宝殿开光仪式，朋友受邀帮忙写点宣传资料，七公也受邀参加素食研究。出发的那天，我们一行十几人，我被安排在七公车上，一路听他聊他过去的经历。

七公的经历很传奇，他在七三年插队落户，种过水稻，养过猪，开过手扶拖拉机，做过水泥厂工人。知青的生活虽然艰苦，但用他的话说，他是在那段时间学会了吃辣椒、喝茶、喝酒、吸烟甚至把妹。追忆起那段吃不饱喝不爽的生活，他的脸上还带着兴奋，那是他的青春，到现在还记忆犹新的青春。

七八年，他参加高考进入浙江大学，毕业后在自动化仪表检测中心工作，七年后辞职下海创业，从事电子产品制造和软件开发。零八年卖掉公司，远离商界，潜心研究烹饪，成为一名专业吃货。

一六年，他在广州创办了七公传菜工作室，把自己的厨艺分享给周围的朋友。

我细问七公的感情生活，七公坏笑。他从没结过婚，但有三个至今都保持很好关系的前女友，三个前女友甚至还坐在一桌打麻将，还有个漂亮的女儿。想必七公年轻时也很潇洒不拘，他幽默风趣，会做好菜，必定很受欢迎。

那次鸡足山之行，成了七公迷路记。去的时候，朋友的车在前面带路，路边全是卖雪桃的小摊，但回来的时候路边全是卖橙子的。

朋友的车远离后，我们在岔路口争执起来，我说往右，七公一脚油门往左走了，结果来时三十多公里的路程我们走了近七十公里。原本一个多小时就能回食堂吃饭，却一路只能跟着大货车吃灰。我说我再也不相信男人天生方向感好的鬼话，七公却一直坏笑说："没事，地球是圆的，总能绕回去。"

路上几次为了往左往右的问题，我们争得面红耳赤。我坚信手机上的导航，但他坚信他的直觉。回到食堂后，七公居然坦言，他知道路是错的，但错就错了，反正能绕回来，我只能苦笑说你高兴就好。

那次回来后，我发誓再也不坐他的车，还扬言要和他绝交。没承想，第二天，七公就来找我要鸡腿。关于鸡腿是这样的，在鸡足山上，吃了两天素的七公嚷着要吃肉，我承诺回古城给他买鸡腿，没想到七公把话记住了，还亲自从海东跑到古城找我要鸡腿。没错，他就是这样一个玩心很重，很爱吃的老顽童。

七公爱吃，也爱美女，他的朋友圈里不是美食就是和美女的合影。他收了八个美女徒弟，受了人家的拜师礼，却一个菜都没教会人家做。为这件事，我们打击取笑他很久，没想到，他没急，他的美女徒弟们急了。原是帮她们打抱不平，谁知被七公美食冲昏头的徒弟们反倒和我们理论起来。

七公爱美女，收了美女徒弟不授技术就算了，最要命的是，他还时不时“出轨”。一次在海边看到一对拍婚纱的情侣，新娘确实漂亮，浓眉大眼柳叶眉，樱桃小口笑起来的时候甜死个人了。同行的男士们都驻足偷看，大气都不敢出，谁知，七公居然上去把手机给新郎，叫新郎帮他和新娘拍照。在众目睽睽下，新郎居然真的帮他和新娘拍了几张照片。

那时候刚流行撩妹这一说，同行的男士们都冲他竖大拇指，说姜还是老的辣，还心有不甘地开玩笑假设新郎接过手机狠揍七公的各种场景。

有时聚会，七公手机响起，他会悄悄躲进房间接听，没有半个小时出不来，那是他的小情人打来的。虽然对美女嘻嘻哈哈，但对这个女儿，七公视为掌中宝。只要她要的，七公必定给，望着他充满父爱的脸，我们才觉得七公也有认真的时候。

朋友的客栈歇业，也为了饯别七公，我们在客栈做了一顿晚餐。七公开了菜单叫我去买菜，回来后数落了我很久。我买的肉不是他要的三线肉，不是三线肉就做不出好的红烧肉。香菇不够新鲜，洋葱个头太大，花菜都开花了。我纳闷花菜不开花难道还结果不成，七公就翻着白眼说我没有天分，想教都教不会。要不是还有两个美女答应去厨房为他打下手帮忙，我估计他会直接撂挑子。

大概是美女帮忙让七公心情大悦，那天的红烧肉是我吃过他做得最好的一次，对七公数落的不爽也瞬间释怀，看来，美食真是世间化解矛盾的最佳良药。哄女孩，别人用甜言蜜语和玫瑰，七公只需一碗红烧肉。

那晚，我们吃了很多也喝了很多。为了满足七公和美女合影的愿望，我们七八个女孩围着他拍了照片，当然，在场的男士都被驱逐到角落里。男士们拜倒在七公红烧肉撩妹的技术下，哭着喊着要拜师，可惜，七公只收女徒弟。

七公爱美女，但也特别尊重美女，他在社区当大厨的时候，听到有厨师骂服务员，他总忍不住冲上去把厨师一顿臭骂。他说，在中国，女人的地位低于男人这是不对的。女人无论从外到内，都比男人优秀，在生活中却处处艰难，无论工作生活，都给女人太多限制，这不公平。爱美女必须要懂得尊重她们。

七公来的时候，一个人一台车；走的时候，依然是一个人一台车。但我想，在这里生活的这段时间，七公收获的不止是众多美女徒弟，还有大家对他厨艺的肯定和对他个人的喜爱尊重。

七公说，生活不能太过复杂了，想吃就吃，想睡就睡，一定要把精力和时间都浪费在喜爱的事情上，简单才能更容易得到快乐，这是他历经数十年的生活得出的感悟，很简单，却深刻。这大概也是他叫自己洪七公的原因，可以自由随性地生活。

在朋友圈看到七公发的美食和美女合影，不知道他是不是又祸害了别人家的新娘。但说实话，我很想念七公的红烧肉。

邂逅新疆大盘鸡

缘分这东西看不见，摸不着，虚无缥缈，

但它却真实存在，在某一天某个地方遇上就遇上了。

不管人在何方，

它总会在不同的道路上有个相交点，让你们相遇。

认识老于那晚，我就决定写他的故事，他也非常乐意。

朋友说要带我们去一个可以听歌的餐厅，餐厅在才村码头，不是很大却很有氛围。

餐厅分为两间，一间类似咖啡厅，一个吧台两张木桌沙发。另一间有四张餐桌，一个小小的舞台上放着大提琴、吉他等乐器。舞台后面的墙上贴满音乐大师的照片海报，右边还有个放满酒的木架。

我们去的时候，还有客人在用餐，我们在咖啡厅那边坐下。朋友问老于呢，带朋友来听他唱歌，回答在厨房炒菜。点了酒水，老于搓着手出来，一个不像新疆人的新疆人。老于笑着打招呼，脖子上和手臂上满是文身，打招呼热情爽朗，一看就是性情中人。老于打完招呼，又回到厨房继续炒菜。

半个多小时后，我们挪到舞台边的餐桌上，彩色的灯光闪起来。老于围着围裙，踢着拖鞋坐在话筒前，一边弹吉他一边开始唱歌。他兴致很高，给我们唱了几首他自己写的歌，旋律和歌词都很动人。他的歌声有男人独有的苍劲，浑厚有力地诉说他的过去和爱情。

几首歌后，他坐下和我们聊天，才得知他曾经是个医生。同去的朋友两个都是医生，瞬间有种相见恨晚、越聊越嗨的节奏。老于很爱笑，他笑起来的时候像个孩子一样童真，这种笑最有感染力，让大家不自觉跟随他。

用一句话来形容老于，不会炒菜的歌手不是好医生。

老于一身的文艺细胞却做了放射科医生，每天待在操作间，通过机器透视别人的内在。

他可以看到任何人的心脏骨骼，却看不到自己的，这是他的遗憾。

老于有一段一年多的婚姻，对方是比他小八岁的同事。离婚的细节我不方便打听，只知道离婚后老于辞职来了大理，他说他在这里等她，要为她补拍一组洱海边的婚纱照，但她始终没有出现。

老于和朋友在才村开了这家餐厅，炒菜唱歌组乐队。离开医院狭小的操作间，老于觉得世界一下开阔了，也许这才是他想要的生活。

生活不会亏待认真的人，老于在餐厅遇到了他现在的女友，一个漂亮的安徽女孩。

说到女友，老于把旁边一个长发妹子拉了过来。女孩人长得很漂亮，大大的眼睛，白皙的皮肤，是那种越看越耐看的女孩，她叫颜歌，一名狱警。

男人们在喝酒聊天唱歌，我和颜歌开始聊女人的小话题。颜歌从小就是乖乖女，学习成绩优秀，一路跳级，十五岁就进入大学。她是学校里第一个担任军体部部长的女生，虽然我不知道什么是军体部，但也足够说明她的优秀。

毕业那年，她被特招进女子监狱当狱警，一工作就是五年。用她的话说，别人很羡慕她，但她觉得自己也很可悲，同龄人还在无忧无虑地上学，她就已经开始上班了，她比同龄人少了很多体验快乐的时间。

我对狱警这个行业知之甚少，她的工作环境和工作心情我无法体会。她用了枯燥和压抑来形容她的工作，日复一日走同样的路，吃同样的饭菜，做同样的事情。她说她不希望自己的生活一成不变，二十岁的时候就能看见五十岁的自己是什么样，这句话我很赞同。

她鼓起勇气休假出门旅游，打算在大理短暂休息，然后去丽江。就在准备离开大理的前一天，她路过才村，路过老于的店，听到老于的歌声，走进了这家店，一听一下午。老于的歌声唱出了她的心声，她被台上带着厨师帽、围着围裙的老于吸引，在店里坐了整整一下午。

晚餐的时候，老于做的新疆大盘鸡也把颜歌的味蕾征服了。老于店里的客人不多，这样一坐一下午的客人更少，于是老于陪颜歌喝酒，两人开始聊天。颜歌的温柔也让飘荡的老于心动，两个人都在心底埋下了小小的爱意。

之后，老于带颜歌玩了两天。颜歌离开的时候没有跟老于道别，因为老于曾经说过他在这里等一个回来的人。颜歌说她不希望告诉老于自己要走了，她希望跟老于说自己回来了。

颜歌回家后，毅然决然地辞职，然后再次回到大理，两人正式确定了恋爱关系。他们的故事美得像诗一样。

我问颜歌，你后来去过丽江没有？颜歌摇摇头。我说没事，让老于带你一起去。颜歌看看认真唱歌的老于，说不重要了。

我感叹，缘分这东西看不见，摸不着，虚无缥缈，但它却真实存在，在某一天某个地方遇上就遇上了。不管人在何方，它总会在不同的道路上有个相交点，让你们相遇。

我问颜歌，老于除了歌声和厨艺，还有什么让你下定决心回到大理？她说是老于的一句话感动了她。颜歌是个精神至上的女孩，她一直坚定地相信真爱，而老于有一天也对她说，他相信真爱，相信有情饮水饱。曾经生活在钢筋水泥中的颜歌因为太相信真爱，被同事朋友不止一次取笑。在物质的生活里，真爱抵不过一张无上限的信用卡，但颜歌坚信真爱比物质更重要。就是老于的这句话，让颜歌义无反顾地回到大理。

老于为颜歌写了首歌：

遇见你不是在冬季，没有忧伤
临街的玻璃窗，你静坐着听我歌唱
遇见你不是在暗夜，没有惆怅
三月的阳光，映在迷醉的脸庞
四目相接那一刻，有了你的季节

让我陪着你
在晨曦的暖光中醒来
在街角享受慵懒的阳光

让我陪着你
在路旁唱红尘里的牵挂
牵着手从日出到日落

让我陪着你
在星空下彼此相拥

那晚，伴着老于和他玩音乐的朋友们的歌声，我们聊天、唱歌、喝酒。颜歌乖乖地坐在老于身边，眼里满满的爱意。

这是一个恋爱的季节，看着他们，一切都那么美好。老于的朋友龙飞唱了一首英文歌《美好》来结束这个夜晚，是的，这是个美好的夜晚。

一六年的时候，老于和颜歌正式结婚了，他们的婚礼在洱海边惊起不小的水花。结婚那天，他们包了一个草地音乐酒吧，宽阔的草地上放满自助美食。

颜歌身着西服骑着摩托，旁边站着一排西服伴娘，英姿飒爽完全不够形容。而老于则白色婚纱，露出他满是文身的胳膊和大腿，伴郎们均是一身紫色纱裙。

他们的反串婚礼引来大理的一些自媒体争相报道，也成了年度最有个性创意的婚礼。婚礼从中午一直持续到深夜，颜歌潇洒地骑着摩托带着穿婚纱的老于沿着海边兜了一圈，之后是，穿婚纱的老于和穿紫纱裙的乐队歌唱到深夜。

如今，老于专职做起歌手，每天在酒吧串场唱歌，颜歌则接下老于的餐厅，当起了大厨。

再见面的时候，老于正在筹备自己的首张唱片，颜歌带着六个多月的身孕，一副夫唱妇随的虐狗架势。为了让颜歌在更好的环境下待产，我带他们在我住的小区租了房子。搬家的那天，他们在家里做了火锅，一帮朋友围着火锅祝福他们的新生活，祝福两人的小日子开始风风火火地过起来。

神奇玫瑰花煎蛋

看着罗小花脸上淡然的微笑，

我想，

最美的生活从来都不是别人给你的，

因为只有你自己知道你想要什么样的生活。

罗小花有一个鲜花小镇，实际是城郊的一个鲜花基地。她租了几十亩地，种了薰衣草、食用玫瑰、郁金香等鲜花，在花丛中放上大风车、复古巴士、英式摇椅等道具，提供游客拍照，也批发鲜花，还自己加工鲜花精油。

她做了一个白色的栅栏，门口写着鲜花小镇，硬是把这个鲜花小镇打理得风生水起，游客不断。

罗小花是我的高中同学，第一次见到她，我正背着大包在入学登记处填登记表。太阳热辣辣地照着这个曾经以铜矿闻名的小城，我焦头烂额、满身臭汗，刘海湿答答地贴在额头，眼镜顺着鼻尖的汗直往下掉，每填几个字就得扯一下背上滑落的背包带。

就在我狼狈不堪的时候，罗小花出现了。她齐耳短发，一身白色连衣裙，脚穿细跟凉鞋，戴着橘色边框的墨镜，我的乖乖，像从时尚杂志封面上跳出来的一样。她身后一左一右跟着两个提着大包小包的高个男生，她往报名表前一站，摘下墨镜瞟了一眼，一个男生便上前为她填登记表。

我半蹲着仰头看她，她在日晕里发着光。

我们被安排在一个宿舍，她转头看看我，说跟我走，我就莫名其妙地跟着她。她指使一个男生帮我提着大包，又转动着墨镜搂着我的肩说，女孩子怎么能自己干这种体力活。

到宿舍后，我才知道帮她填登记表的是她亲哥和她哥同学，比我们高两届，正在准备高考。罗小花的哥哥叫罗大树，一个大树一个小花，我想她父母一定特别热爱大自然。

罗小花为人大大咧咧口无遮拦，出口话语总是惊天动地。但她为人豪爽，从不按常理出牌，经常不上自习。考试前别人在用功，她在看小说，但她成绩却一直很好。

混熟之后，才知道罗小花的家庭条件很好。那时候，宿舍还没有座机，每栋宿舍楼下有个公用电话。我们在排队轮流插卡打电话，她就已经用着诺基亚手机。当时还没有富二代这个词，我们都叫她罗大小姐，她高兴时也会把手机免费借给我们用。

一个周末，我没赶上回家的车，被滞留在学校。罗小花担心我一个人在宿舍会被饿死，带我回了她家。

她父亲原本是矿山的一名工人，机缘巧合下和人投资了一个矿洞，没承想一夜暴富。她母亲很精明能干，买了当时还算郊区的两块地，盖了两栋房子。小城扩建后，她家变成了交通要地。她母亲把房子出租了一栋，成了名副其实的包租婆。

罗小花家住一栋三层房子，一楼客厅里吊着金光闪闪的吊灯，还有大彩电、两个比我还高的音响、皮沙发、大理石茶几。她父母住一楼，罗小花住二楼，罗大树住三楼。

她的房间是标准的公主间，粉红色的床，粉红色的帐子，粉红色的书桌。我打趣她，粉红色不适合个性洒脱的她，她就朝我翻白眼。

罗小花在家里低着头吃饭，做事轻手轻脚，说话细声细语，这和平日宿舍那个潇洒张扬的她判若两人。而罗大树，端着饭菜回到自己房间，一天不见人影。罗小花吃完饭就拉我回房间，开始看书写作业，认真刻苦，原来这才是她一直保持好成绩的原因。我们只看见逃课看小说的罗小花，从没见过深夜做习题、清晨背单词的她。

我们高二的时候，罗大树考进上海交大，背着行囊去了上海。我再也没见过他，听说他毕业后留在了上海。

高中生活压抑苦闷，我们都憋着劲挣分数，为了一分之差暗自较劲。但罗小花很淡定，她依然会逃自习课，躲在帐子里看小说。等我们下课回宿舍，她就软磨硬泡让我们陪她去吃烧烤，一次烧烤能吃掉我们一个星期的生活费，当然大部分时间是罗小花买单。

我记得有一天，学校领导突然决定全校放假一天。罗小花租了自行车，约宿舍的同学一起去野生动物园。野生动物园是围绕着半山腰一条大河建造的，据说以前有很多野生动物观赏区，后因管理不善动物伤人，所有动物都被拉走了，只剩下一些半残的围笼。但因为河边一排古老的柳树、满山的野花，使得环境清幽凉爽，所以每年夏天还是会有很多人带着老人孩子来避暑游玩。

河里有一些奇形怪状的石头，很多人会在石头间捉迷藏，也会找个洞形的石头躲进去看书听音乐。我们在石头上互相朝对方身上泼水，玩累了就把脚泡进水里，躺着吃从山下带来的凉粉、炸薯条等零食，这是紧张高中时代难得的休闲时光。我们拿着汽水敬罗小花，感谢她的邀约和自行车。

半山腰还有一座可以吃素的寺庙，寺庙常年绕着钟声，很多香客也会到这里祈求平安健康。我们都诚心地跪下，祈求高考顺利，只有罗小花一个人兜兜转转，不肯老实安分。

寺庙有一面墙，上面写满各种福寿财金的字，据说，很多人会把硬币放在自己想要的字上，如果硬币没掉就证明得到赐福，罗小花一直在那面墙下蹲了很久。

下山的时候，她突然从包里掏出两把硬币，嚷着请我们吃冰激凌。原来，这货在墙下蹲那么久，一直在掏从墙上掉下到墙角箱子里的硬币。我们骂她，居然连佛祖的钱都敢偷。她就说，这些都是寺庙里的人弄出来哄骗大家的，佛祖才不希望世人用钱供奉，这些钱最后还是进了世人的腰包。

整个高中时代，我记忆最深的都是她带我干的坏事。偷偷往老师的讲稿里塞匿名情书，把玩具仿真大便放在同学的床上，大晚上去花园装鬼吓唬恋爱的情侣……她几乎把能想到的坏事都干了一遍，关键是还会拽上我们。

罗小花总能用各种笑话让我们暂时逃离苦闷的高中生活，她就像一朵开在沙漠里的鲜花，清新又倔强。而她也不止一次说过，将来要当一个花农，开一个种满鲜花的小店。

高考后，她去了另一个县城的师专，我去省城上大学，我们各自背着包踏上不同的路程。

她来学校看过我几次，我们挤在狭小的单人床上细数高中生活的点点滴滴。我也常去她在的学校看她，两个人逛街吃饭。虽然生活费都不宽裕，但一起吃个小火锅就是开心。

大学的时光过得很快，上课下课，吃饭睡觉，谈了一场恋爱，考一下四六级，去几趟图书馆，四年就过去了。我们都各自交了新朋友，但很多真心话，我们还是会打电话向对方倾述。

毕业的时候，我留在实习单位。罗小花来找我，她比我早一年毕业，听从她父母的安排在家专心考事业单位和公务员，却屡战屡败，最后托关系去了一个偏远县城的小学教书。

罗小花每年有两个假期，一个来待在我的出租屋里做习题看书，一个去上海罗大树的公寓看书做习题。连着两年失败后，她变得暴躁愤恨，一把火烧了所有的书和习题。

很突然，我接到她的电话，说要结婚了。我休了年假，坐了十八个小时的火车去到她所在的县城。她来火车站接我，整个人胖了一圈。她旁边站着一个和她一般高的男人，戴个眼镜，看上去斯文得有些呆板。

他是罗小花的同事，当地人，家里还有两个哥哥一个妹妹，两个哥哥都没什么正式工作，一个在修车行打杂，一个在超市搬货，妹妹正上初中，家庭条件和个人条件都不算好。

他每天骑车带她去学校，下班回家一起买菜做饭，他确实把罗小花养胖了。罗小花基本不做家务，他一人承包，就算半夜，罗小花嚷着要吃煎饺，他也会爬起来为她做。这样的宠爱的确让罗小花冲昏头脑，罗小花向来稀里糊涂，所有的电器管道一窍不通，对理财也是迷迷糊糊，所以她完全算是个甩手掌柜。

她带他回家，她父母死活不同意，但她异常坚持，就算和父母闹僵，她还是毅然决然嫁给他。两人借钱付了房子首付，一起还贷。房子不大，六十多平，每月发了工资，罗小花全部交给他处理，自己需要用钱伸手朝他要。

年轻时爱情的冲动，理智是挡不住的。没有父母到场，罗小花还是果断地把自己嫁了出去。

之后，我忙于工作，她忙着自己的婚姻生活，我们很少联系了。

好景不长，两年后，罗小花带着离婚证和一箱行李来找我。她哭了一个多小时，细数他身上所有缺点，吃饭吧唧嘴，爱喝大酒，喝醉了说脏话耍酒疯还砸电视，爱吹牛好面子，家里房贷都还不上却借钱给亲戚。次数多了，他们的爱被磨得七零八落，只剩抱怨和冷漠。

他的这些缺点，婚前隐藏得很好，罗小花坚信他爱她胜于他自己的生命。但一朝暴露，让她只恨自己被爱砸昏脑袋。

离婚后，罗小花在我床上赖了两个月，给水她就喝，给饭她也吃，就是不下地。上班的时候我收起家里所有的刀具绳子，下班后给她读小说下载电视剧，她翻着白眼阴阳怪气和我说话，吓得我一阵一阵冒冷汗。

两个月后，罗小花突然奇迹般康复，站在床上骂一句，滚TMD离婚，滚TMD男人。然后信誓旦旦要租地种花，那是她一辈子的梦想。她找父母借了钱，真的跑到郊区租了几十亩地做了花农。

周末我去看她，她站在花丛里跟着师父认真施肥翻土、修枝剪叶，又满血复活了。空暇之余，她开始研究食用玫瑰的吃法，玫瑰酿酒、玫瑰红糖、玫瑰炖鱼炖鸡、玫瑰包子，每天细心认真。

那年我租住的房子被房东收回，我搬到她花园里住了一个多月，她日日给我做玫瑰花煎蛋。我一向不喜欢吃鸡蛋，但她做的煎蛋，我总能吃光。她精挑细选出每一片花瓣，洗净小心掰开，放入打碎的蛋液中，平底锅放入黄油，蛋液带着花瓣发出滋滋的声音。

我倚在门廊上看她煎蛋，阳光透过她的衣裙印在地板上，如同第一次见到她时，她在日晕里发着光，好美。

每次她把玫瑰花煎蛋放到餐桌上，我们都不约而同地说出，神奇的玫瑰花煎蛋，它治愈了罗小花也温暖了飘荡的我。

看着罗小花脸上淡然的微笑，我想，最美的生活从来都不是别人给你的，因为只有你自己知道你想要什么样的生活。

她说，爱别人不如爱自己，又搂着我的肩补了一句，以后你若失恋我娶你。她终于活回了我认识的罗小花，那个天不怕地不怕，幽默洒脱的罗小花，那个我爱的罗小花。

白菜大虾和箱子

聊起这段近五十天的行程，他们说得最多的是，

每天早上醒来，都要花点时间想想自己身在何处。

醒来不知身在何方，

箱子说这是旅途中最迷人的地方。

我不记得是怎么认识箱子的，也不记得是在什么情况下互加了微信。在朋友圈里，她是个很懂生活的女子。她的微信里，不是美食就是美景，附上几句走心的话语，让你瞬间充满正能量。

真正见到她本人是在朋友的新店开业时，她一身白色棉麻长裙，背个竹编背篓。一进店，她就大大方方地和每个人打招呼，并准确叫出每个人的名字，这种记忆力让我惊讶。

箱子一头卷发，像顶着一团可爱的云，耳边却编出两条长长的辫子，戴着大大的眼镜，笑起来的时候眼睛眯成一条线，笑声爽朗清脆，一出声就知道是个开朗爽快的山东大嫂。

第二次见面，箱子带了她老公，一个温文尔雅的大叔，长发扎在头顶，一身麻布衣裤，一副仙风道骨气质。箱子亲密地叫他老头，老头姓魏，但认识他的朋友都叫他道哥，这个称呼很符合他的气质。老魏话不多，安静随和，大概女人的话题他也不便插嘴。

箱子依旧一身白色棉麻长裙，背着一背篓香蕉荔枝和桃子来拜访朋友，我恰巧在朋友家喝茶。箱子的知识面很广也很健谈，话题一打开就收不住，几个人一直聊到深夜。

箱子有种天生的自来熟，和任何人都能在短时间内打成一片，完全没有任何距离感和不适，这也是她定居大理半年就认识上千长居大理人的原因。箱子是我认识的人中最爱折腾和探索的一个人，她喜欢去发现研究，好吃的店，好玩的地方，有特色的客栈，所到之处无不探得一清二楚。

很多次，有朋友来大理游玩问到吃住问题，我都直接找箱子。她在我的印象中好像无所不知，她还能根据朋友的喜好推荐一些奇奇怪怪有意思的玩法。比如扎染、陶艺、制茶、酿酒，她甚至可以直接帮忙联系店家邀请朋友去亲身体验制作过程。她就是一本移动的大理指南，这让我这个在大理居住了近三年号称大理人的人自惭形秽。

箱子和老魏都是山东人，却在美丽的大连相遇。他们白天一起工作，下班后一起买菜做饭。回去后看着在厨房里忙碌的老魏，箱子突然有种家的感觉。丰富的晚餐，温暖的灯光，对面温雅的男子，这些都让箱子的心里渐渐生出暖意。

那段时间，两人结束工作后，一起买菜做饭。箱子自小爱吃大虾，和白菜一起炒，清脆的白菜嫩滑的大虾，这是个奇妙少见的组合。老魏清洗白菜的时候，箱子就蹲在地上用牙签仔细地一根根挑出大虾脊背里的筋。他们每隔两天就做一次，箱子百吃不厌，老魏也渐渐爱上这个味道。

晚餐后，他们一起散步，走过满街的梧桐树和老建筑。老魏蹲下身系鞋带，风吹过，夹着梧桐香吹过老魏的发尖，箱子突然很想抱抱这个男人。她莫名地从身后轻轻环住他的腰，把头靠在他的背上，就在那一瞬间，一朵小花在两人心中绽开。老魏起身，轻轻牵起她的手，随意地揣进兜里，两人相视而笑，没有言语，没有承诺。这个温暖的男人，没有任何言语便将箱子征服，一晃，时光就流过了十一年。

零五年的冬天，某个阳光温暖的午后，箱子突然对老魏说，我们去大理吧！于是箱子和老魏一路背包从山东来到云南，那一路的经历成了两个人心里永恒的时光。他们离济南，到上海、杭州再到南昌，然后转战桂林、阳朔、东兴再到中越交界的芒街，接着崇右、大新、硕龙、德天、那波，再进入云南文山坝美、蒙自、西双版纳、勐腊、打洛到昆明。这一路，他们坐着中巴车，和当地村民挤在鸡羊中间，没有计划，没有攻略，甚至都不知道前方有没有路，只知道他们想走下去，一直到大理。

他们走的地方，大多是省道甚至乡道，中巴车在土路上颠簸前行，他们在鸡羊中和当地人聊天，吃住都在农家。聊起这段近五十天的行程，他们说得最多的是，每天早上醒来，都要想想自己身在何处。醒来不知身在何方，箱子说这是旅途中最迷人的地方。

他们在桂林划竹筏，在蒙自吃过桥米线，在文山挖三七，在坝美跟着鸭子学京腔，他们坚信坝美的鸭子是学过京剧的，老魏还绘声绘色学鸭子叫。在打洛，箱子迷上拉祜族的衣服和包，一路跟着女孩求人卖给她，无奈女孩听不懂汉语，这也成了箱子的遗憾。这一路，他们也遇到很多有意思的背包客，彼此结下坚固的旅途友谊。

在丽江，老魏迷上了手鼓，这个在矿山上工作了十多年却一直怀揣音乐梦的男人，从小就跟着磁带学吉他。在大理，两人在人民路上追赶阳光，或在咖啡馆或石阶上放空晒太阳，阳光洒在哪他们挪到哪，这段旅途时光也决定了他们今后的生活。

结束旅程回到淄博，他们开了属于自己的摄影工作室，每天上午工作，下午休息，晚上就到植物园南门摆摊打鼓卖原创音乐碟和工艺品。老魏还记得第一次摆摊，他们胆怯得头都没敢抬，但随着音乐打起鼓，整个街道就热闹起来，渐渐地大家开始跟着他们的音乐跳舞。在按部就班的工业城市里，他们的生活态度和在音乐里的状态吸引了越来越多的人，这样的生活，他们过了五六年。

长期需要蹲拍的摄影工作，让箱子的膝盖严重受损，于是两人决定封镜，这也让追随了多年的宝宝妈妈们唏嘘不已，到现在依然还会说自从箱子封镜后，就再没给宝宝拍过照了。

爱折腾的箱子又和老魏在艺术村里把一座老仓库改造成了一个两百多平的咖啡馆。他们称她为慢河美好生活家。咖啡馆采用老石头和老木头搭建，一切都是老魏按箱子的喜好打造的。箱子说想要一个小院，于是老魏给她做了个小院，里面种满了花花草草；箱子说想要一个露台，夜里可以看繁星点点，于是老魏盖了个二楼，做了一个木质露台，在月光如水的夜晚，两人会坐到露台边的屋顶上寻找最亮的那颗星星；箱子说想要一个长廊，于是老魏做了个长廊，白色的木质栏杆，前面挖了一条小河，每天下午，箱子就坐在长廊的躺椅上看鱼发呆或者看书写字；箱子说还想要一个壁炉，于是老魏就又做了一个大大的通天壁炉，冬天的日子里，他会亲自燃起一炉火，映红了箱子的脸，也温暖了每一个客人的心。

扎染的桌子，插画的陶罐，手工纸做的灯罩，民谣歌手的弹唱，一切都是他们心中的大理，这也让他们更加想念大理。

箱子说，大理就是她的精神祖籍。这是个包容开放的地方，也是个毫无违和感的小镇，来了，就想留下、生活。最终两人还是决定放弃都市生活，回归大理。

于是我们也拥有了一个爱交友、爱发现、爱折腾也乐于助人的箱子，她身上永远充满力量。我说她是一株向日葵，永远释放出满满的正能量。

她说她想要的生活就是这样：阳光明媚的午后，可以在院子里眯着眼打盹；细雨纷飞的日子，可以在长廊里看雨打芭蕉；月明星朗的夜晚，可以在露台上细数繁星；大雪飘然的寒冬，可以在壁炉前把酒言欢。

最重要的是，回家的时候，她在，他在，他们还相爱。

梅花鲫鱼汤

有些人，一分别就是一辈子，

成了心里永远的遗憾。

而有些人，从相遇便再不愿离去，

成了身边永恒的一道光。

墨墨长大以后，就时常做一个梦，梦见自己从一个高高的铁塔上纵身而下。当她下坠的身体逐渐消失时，她真真实实地感觉到撕心裂肺的痛。

这个情景一直反复出现在她的梦里。

长大后的墨墨在爸爸以前工作的图书馆当一名图书管理员，但墨墨甚至不记得爸爸的样子，只记得爸爸走的那天晚上，下了很大的雨，墨墨站在雨里，看着邻居扶着妈妈和奶奶急匆匆地奔向医院。

那时，墨墨刚上小学四年级，大人们都在忙着安慰妈妈和奶奶，没有人注意到她，她就这样提着拖鞋站在雨里，小区里昏暗的灯光打在她湿透了的身上。

她在雨里认真地回想刚才发生的事：正在沙发上织毛衣的奶奶接到医院打来的电话，慌得连脚都站不稳；洗水池旁边，妈妈手里的碗狠狠地砸在地上，发出剧烈的响声。妈妈外套都来不及穿，拉着大哭的奶奶就冲出了家门。墨墨看着她们的身影，穿着拖鞋跟着跑了出去。

墨墨跑下楼，脚上的拖鞋却脱落在台阶上，再回身捡起拖鞋的时候，妈妈已经被邻居扶着上了车。车子在雨里闪着红灯，急速而去，在雨夜里划出一条红色的轨迹。

她就这样提着拖鞋站在雨里，看着漆黑的空荡荡的夜。她不记得在雨里站了多久，只知道，妈妈第二天回家时，看到她抱着拖鞋在楼道里睡着了，身体蜷缩成一团。之后，墨墨再也没见过爸爸。

她小小的世界里不知道什么是交通事故，也不知道什么是死亡，她只知道以后不会有人把她托在肩上去动物园玩，不会有人背着妈妈偷偷买冰激凌给她吃了，也不会有人给他讲各种奇妙的故事。

墨墨问妈妈，爸爸去了哪里？妈妈说爸爸去了天上，变成一颗很美很亮的星星，会一直看着她。倔强的她再问，可是星星只有晚上才有，爸爸是不是白天就看不到她了？妈妈就哭了，于是她再也不敢问。

看着全家福，她不知道为什么爸爸宁愿去天上做一颗星星，远远地看着她们，也不愿和她们天天在一起。她明白了那个曾经和他们每日生活在一起的爸爸，现在变成了相片里压缩的男人。

再之后，奶奶也离开了她，她的世界里只剩下了妈妈。她不明白什么是爱情，只知道妈妈经常擦拭爸爸的照片，经常一个人躲在房间里掉眼泪，一辈子再也没交往过别的男人。

父亲离开后，图书馆成了墨墨最爱去的地方，看着一排排整齐的图书，牢固的书架隔出小小的安全的空间，就像父亲还在的样子。整个童年，墨墨变得孤僻内向，总是低着头走路，低着头吃饭，低着头上课，害怕所有被注意的场所。

大二那年，墨墨到学校图书馆做志愿者，没课的时候，她总是去帮忙整理图书或塞着耳机安静地坐在工作台边看书。也就在那时，她认识了杨乐，一个刚分配到图书馆的实习老师。杨乐有双深邃的眼睛，每次盯着墨墨看的时候，墨墨的心绪都会跟着跌进去。

杨乐喜欢民谣，周末的时候，一个人抱着吉他坐在图书馆对面的教师宿舍顶楼唱歌，墨墨就坐在图书馆透过玻璃远远地看着他。

时间长了，杨乐成了墨墨生活沙洲里的一弯水。他会在墨墨工作时递上两个水果或一盒酸奶，会在墨墨整理图书时一起分类归档，会在黑夜送墨墨回宿舍，也会挑出自己喜欢的图书或 CD 给墨墨欣赏。在杨乐身边，墨墨不再封闭，生活的苦恼困难慢慢有了倾诉。杨乐成了墨墨亦师亦友的伙伴，在她成长的道路上为她撑起了彩色的梦。

墨墨毕业那年，杨乐辞职背着吉他离开学校，走上流浪歌手的路。墨墨接受母亲的安排，到父亲生前工作的省图书馆做了一名图书管理员，杨乐没法带走墨墨，只带走了墨墨的梦。

杨乐离开的时候，墨墨送了他一条自己做的吉他背带，上面绣了一条彩虹。

她没有勇气跟随他走到陌生的地方，去过陌生的生活，他也没有能力给她一个看得见的未来，两个人都胆怯地退回到友谊的边线。

杨乐走后，墨墨又回到一个人的生活，每天两点一线，简单的生活。

每个人都可能认识一个叫石头的人，石头这个名字，百度一下，出来 N 万个，但偏偏让她遇到这 N 万个中的一个，说不出是好是坏，只知道他就这样措手不及地撞上来了。

墨墨有一支钢笔，是红褐色的外壳，上面写着英雄两个字，那是父亲在她第一次参加儿童作文大赛得奖时送给她的礼物，也是父亲留给她唯一的念想。

那天她正抱着一堆图书登记表到登记库，一个男子就这样直直地撞了过来。她被他撞得后退了几步，跌坐在地上，一堆登记表在半空中天女散花，一张张散落在地上，连同她手里的钢笔，也一同被狠狠地甩了出去。

“对不起，对不起。你没事吧？”男子急忙扶起墨墨，蹲下身帮忙捡一张张登记表。

墨墨没有说话，直愣愣地看着被甩在远处的钢笔，男子急忙跑过去捡起钢笔递给她。钢笔外壳完好，打开后，才发现笔尖已经脱落，黑色的墨水从笔套里滴滴答答流下来，滴在光滑的大理石地板上，像是开出一朵朵黑色的梅花。

她看着破损的钢笔，抬起头凶狠地瞪着他，随后接过男子捡起的登记表，转身走了。男子看着这个古怪的女孩，被她的眼神吓得半死。

“我叫石头，你叫什么？要不我赔你一支钢笔吧？喂！”她没有回答，自顾走了。

隔天，墨墨如往常一样，起床、洗漱，穿上深蓝色的棉麻裙子，套上白色印花外套，把浓黑的长卷发用蓝色的丝巾随意地扎在右边，提着草编的手织包就出门了。

二月的 J 城已经被春意铺满，街边有一种明黄色的小花，淡淡地绽放着。

墨墨低着头朝熟悉的方向走着。她从不吃早点，她觉得上午的身体最是轻松洁净的时候。收拾完办公区，她坐在借书台边认真地整理着桌上的印章和文件。已经开始陆续有人进来了，她喜欢把脸藏在大大的电脑屏幕后，看着图书馆里面看书的人，然后猜想他们的职业和故事。

屏幕后面是她一个人的小世界，她在这里感觉安全。

“你好，昨天不好意思，弄坏了你的钢笔，我特意跑了好多家文具店，终于找到和你这支一样的笔，赔给你。”他一定也在图书馆找了很久才找到她的吧!

她抬起头，就看到他裂开的嘴巴，两排整齐白净的牙齿直直地对着自己。

“不用了。”她看了看他恳切的脸，又看了看他递上来的钢笔。

“请你收下吧，我现在去找书，然后等你下班，请你吃饭当是赔罪。”他看着她转向屏幕的侧脸。他惊讶于这个女孩的洁净，她有着一双小巧的单眼皮，虽然只是侧面也能感觉到她眼睛的清澈。阳光从窗口斜射进来，轻柔地洒在她白净的脸上，像透明的花瓣，粉红的嘴唇发出淡淡的清香。最让人着迷的是她眼角边一排细小的雀斑，他从来没觉得雀斑会这么俏皮生动。

作为一个叱咤情场、风云夜店多年的男人，石头被这个女孩的青涩纯净吸引了。比起平时交往过的女孩，这个女孩像是一块未经雕琢的璞玉，更加珍贵，只是这个女孩眉宇间透出的忧郁不是自己所能承受的。

“不用了。”她没有回头看他，只是淡淡地说了句。

“用的，用的，不然我会内疚一辈子的，就这么定了。”石头说完就溜进一个个大大的书架后面。

她抬头看着满屋子的书架，心莫名地慌乱起来。中午，同事刚换完班，他果然从书架后面钻出来，不由分说拉起她的手便走，她看到同事眼中充满惊讶。

在石头滔滔不绝的介绍中，墨墨得知他是被单位派遣过来的，因为要写关于这个城市的绿植规划书，所以到图书馆找资料。

“你想吃什么？”石头看着这个瘦小洁净的女孩，突然有种想要用力抱紧她的冲动。

“随便。”她低下头，看到街边的梧桐树都挂着淡绿的嫩叶。是的，春天真的来了，整个城市都明亮起来了，连街边的小店都似乎整洁起来了。

她带着他走进街角那家叫 49 号的西餐厅，这是她固定的午饭地点。一盘清雅的蔬菜沙拉，一杯青涩的柠檬水，偶尔叫一块精致的黑椒牛排。她喜欢这里的环境，每一张桌子都是一个独立的空间，她实在不适应开放的空间。

整顿饭，石头给墨墨介绍了自己的工作，期间夹杂着一些不明所以闹出的笑话。她看着激情洋溢的他，觉得自己的世界也跟着跳跃起来。这个男子，说话快速却柔和，时常照顾自己的情绪，有洁白整齐的牙齿，有深不见底又飘摇闪动的眼睛，她突然就想到杨乐，那场没有勇气开始的恋情。

吃完饭，石头把墨墨送回图书馆，临走时，用手轻轻在墨墨头顶拍了一下：“妞，好好工作哦！改天带你去看电影。”她站在图书馆门口，看着他的身影渐渐走远。她突然想起父亲，那时父亲送她上学，都会在她头顶轻轻拍一下说：“妞，乖乖听课，爸下班就来接你。”

石头和父亲一样，有着一双温暖宽大的手。一种久违的温暖就这样蹿便全身，直通向脚尖。

这之后，石头便以各种理由约她吃饭看电影。她下班走出图书馆，总能看见那辆白色的路虎越野车和车里那个使劲对着自己招手的男子。

“今天带你去个特别的地方，我问了好多朋友才找到的。”石头看着她浓密的黑发随意地绑在右边，不觉伸手轻轻拍了拍她的头。他想，这个女孩有着一种想让人无限对她好的力量，但她自己却浑然不觉，这更让他深深地喜欢。

她懒懒地靠在椅背上，任由石头掌握着方向一路开去。窗外的街道和商店在她眼前一闪而过，像是一张张飞逝而过的明信片。

车子一路向郊外开去，路边开始出现大棵大棵的桉树，这些树都扯出嫩绿的树叶，在风中尽情摇曳着。车子沿着盘山公路渐渐上升，树木也逐渐开始茂盛起来。墨墨看着窗外的绿叶，映着远处的高山，山间还漂浮着淡淡的云海，这样的景致，是她以前从未注意过的。

车子拐进一个梅花庄园，露出一个巨大的淡蓝色湖泊，旁边种满梅树。此时正是梅花最艳丽的时节，红色的梅花映在蓝色的湖泊里。石头小心带着墨墨沿着湖边木道走进一座石头小院，院子有幢两层小楼，一楼是个可以喝茶也可以用餐的客厅，二楼有四个客房，也可以提供住宿。

这个庄园没有名字，老板是一个设计师，一个人租下这个梅花庄园，半年打理庄园半年骑摩托全球旅行。

此时，夕阳西下，天边飘着一层金黄色的云层，梅园、湖泊、房子，连同石头和自己都被洒上一层淡淡的金黄色。

她从未如此认真地看到过落日，她不知道这个粗犷雄厚的城市周边居然还有这样美的地方。自己在母亲的眼泪和陌生的人群中生活了这么久，现在才发现，原来自己是渴望美丽事物的，自己对幸福也有着强烈的渴望。

那晚，墨墨吃了一桌梅花宴，梅花鲫鱼汤、梅花粥、梅花蛋、梅花炸鸡。墨墨从来没吃过这么多肉，配上石头的各种笑话，她像个孩子一样快乐满足，尤其是那碗浓香的梅花鲫鱼汤，她喝了三碗还意犹未尽。是的，她把自己困在回忆里太久了，看着母亲每日郁郁寡欢，她不敢大声说话更不敢大声笑。

回城的路上，他们都没有说话，只有播放器里传出的许巍的歌声。石头照旧把墨墨送到小区门口，她下车的时候，他轻轻俯下身，在她额头吻了一下。

石头点燃烟，站在车旁安静地看着她的身影消失在小区楼道里，直到她的窗口亮起明黄色的灯，才上车离开。石头不知道，在楼上的窗帘后面，她也同样在安静地看着他，直到他离开。

母亲依然穿着父亲那年买的毛衣，一个人静静地坐在沙发上看书，看父亲喜欢的书。这么多年来，母亲还是这样，她不愿意让自己离开父亲的气息。

墨墨看着认真看书的母亲，她不知道究竟要多深的爱才能让一个女人如此念念不忘，看着母亲，不觉悲伤起来。她突然想到石头，再想到自己，不由得害怕起来。

石头依旧会在周末带墨墨外出游玩，或者带墨墨去菜市场买菜做饭，他跑到梅园求了很久才学到做墨墨爱喝的梅花鲫鱼汤。

离开家见到石头，墨墨仿佛又回归到一个平凡少女，开心了会肆无忌惮地大笑。

看着石头的笑，墨墨记忆中杨乐的脸慢慢模糊起来。

在母亲的同意下，墨墨搬进了石头的公寓。和石头在一起的日子，她是开心的。他会每天认真地叠被子，会擦拭用过的马桶和浴缸，会把看完的书按照高低秩序整齐排列，会把袜子洗得干干净净。他们的生活习惯是如此的相似，好像原本就该生活在一起一样。

石头会在夜里给她盖被子，把她蜷缩起来的身体轻轻地抱入怀中，会把她吃剩的面和汤一起吃掉，会在早上给她冲一杯青涩的柠檬水。他们一起出门上班，下班后他接上她，一起去超市买菜，然后回家一起做饭，吃完饭赖在沙发里看电视。

这样的生活像极了以前爸妈的生活，安稳踏实。墨墨再也没做过那个梦，她的睡眠如同婴儿一样安稳踏实。

直到两个月后，石头的文案顺利通过，开始实施。此后，石头开始变得忙碌起来，很多个晚上都带着醉意回家。她开始一个人在家吃饭，然后是无尽的等待，直到醉醺醺的他回家，然后安顿他睡下，帮他换洗衣服，擦脸倒水。

“妞，我爱你。”石头在醉意中抱着墨墨低声喃语。墨墨看着他微红的脸，直到他酣然睡去。墨墨心中莫名升起一种不安，她的世界里只有他，而他性格使然，他有那么多男女朋友。而她，只有他。

墨墨看着石头睡去的脸，觉得无比的寂寞，这种寂寞比以往任何时候都让人害怕。

看到杨乐新闻的时候，墨墨正在为石头盛汤。杨乐的脸出现在新闻里，一个骑行车队骑行川藏线时突遇塌方，杨乐和两名队友从悬崖上坠下，搜救队正在搜救。墨墨手里的碗狠狠地砸在地板上，石头看着已经泪流满面的墨墨，那是他第一次见到她流泪，再看看新闻，起身轻轻安抚她。

第二天，石头请假买了机票陪着墨墨直奔成都，又租了车一路往出事地点赶。见到杨乐遗体已经是三天后了，他还紧紧地抓着她送的吉他背带，上面的彩虹已经破旧残损。

在杨乐的遗物里找到一盘专辑，那是他自己编曲填词录制的专辑，专辑名叫《玻璃后面的姑娘》，那是他们的故事。

石头陪着墨墨带着杨乐的骨灰奔赴西藏，那是杨乐想去的地方，他没到达，墨墨带他去。

有些人，一分别就是一辈子，成了心里永远的遗憾。而有些人，从相遇便再不愿离去，成了身边永恒的一道光。

行走的咖啡排骨

她说，世界这么复杂，

一个女孩最聪明的事情是确定一个男人对你的态度是认真的，

得学会分辨一个男人对你的动机。之后居然还举例说明，

列举了她之前如何遇人不淑导致悲催结局，

说得我竟无言以对。

米拉是我的沙发客，每年都会来住上一两周。她是我见过最个性的女孩，三十出头，活得潇洒自在。浓黑的大波浪，每天都要细心化妆，假睫毛、眼线、腮红、口红从不离身，但她的行李只是一个六十升大包。米拉有一双傲人的大长腿，身材绝对可以去做模特，最重要的是，她有一种自信，由内而外地遍布全身。

她只在夏天来住。关注她的微博不难发现，她像候鸟一样迁徙，每年逃避寒冬，背上行李，追赶着温暖。

米拉也是我见过最特立独行的姑娘，一个人带着相机、笔记本，从南走到北，从白走到黑。很多次，在她的怂恿下我都想背起包如她一样行走。她做我的沙发客已经三四年了，我们在微博上互粉,知道我在大理,每年会在最热烈的季节赶来住上一段时间。

她的T恤、热裤、鞋子没有一件不带破洞和流苏，一身嘻哈流浪者的打扮，加上浓密的大波浪，好像随时随地都能上旅行杂志封面。

米拉是个摄影师，但从不愿意接单，她只拍她想拍的东西或人。她的照片大多黑白，注重光影，有时也会在一些旅游、人文杂志上看到她的作品。单凭这点收入她居然可以这样游走，我一度怀疑她是富二代，但她坏笑着说她中过百万大奖，她的坏笑总是让我后脊梁一阵发毛。

米拉的朋友圈永远都是一针见血的讽刺和调侃，她的喜怒哀乐总是很明显地摆在脸上，她喜欢一个人很明显，讨厌一个人也很明显。

我曾经带她参加过朋友的聚会，没承想她在宴席上把看不惯的事和人一顿批，搞得气氛尴尬异常。

之后，一个关注她微博很久的粉丝男，从暗恋变成明恋，千里迢迢追到大理，想约她却被无情拒绝，无奈之下联系上我。招架不住他可怜兮兮的恳求，答应了晚餐。粉丝男定了大餐，又派了车到门口接，米拉穿着低胸装赴宴，她说如果她穿成那样，对面的男人还看她脸没看胸，那这个人可以考虑做朋友。粉丝男果然中招，晚餐没吃完，米拉就一顿狠批，从此，粉丝男再没出现。

我骂她太过分，她却说，世界这么复杂，一个女孩最聪明的事情是确定一个男人对你的态度是认真的，得学会分辨一个男人对你的动机。之后居然还举例说明，列举了她之前如何遇人不淑导致的悲催结局，说得我竟无言以对。

米拉就是这样一个油盐不进、软硬不吃的家伙，我也怀疑她这样的个性怎么能在大千世界好好活到今天的。

米拉睡我沙发那段时间，是我最幸福的时光。我是个顽固的熬夜分子，每天三四点睡觉是常事。隔天中午，我还在床上迷迷瞪瞪的时候，她会温柔地在楼下叫我，亲爱的，吃饭啦！然后我一骨碌爬起来，脸不洗，头不梳，刷个牙就冲下楼。

米拉妖娆的外表下藏着一身好厨艺，她做的菜不仅味道很赞，造型还很优美。三四根手指长的排骨烧得金黄，排列整齐，再配上两朵漂亮的西兰花；咖喱牛腩配上土豆和胡萝卜，外圈围上半圆的翠绿黄瓜；上海青围着耗油香菇；一碗西红柿鸡蛋羹上面撒着青翠的香菜。我流着口水坐在桌前，她才端来用咖啡菠萝汁做成的酱汁轻轻淋在排骨上。这是我最爱的一道菜——咖啡排骨，也是她每次来必做的一道菜。

这道咖啡排骨我学了很久，在她手把手的教导下还是做不出她的味道。她骂我笨，说我不够认真，我说怪老师教得不好。好在，只要她在，只要想吃，她都会毫不介意地做。

有时，吃完饭，两个人躺在院子里晒太阳，一边抽烟一边嚷嚷着无聊。米拉抽烟很凶，一天一包的量，所以，她在的时候，我的烟总是很快断货。这样待上一下午，米拉就开始崩溃，然后会租辆摩托，骑车强制带我开始挨村挨寨去拍照。

她骑车很快，那种需要换挡的机动摩托，她嗨起来的时候会飙到一百多码。虽然知道她技术很好，但我还是心虚地紧抱着她的腰。尤其是转弯的时候，她会大喊着飞起来吧，然后车子倾斜着飘过去。

停车后，看我脸色苍白地扶着车子颤抖，她会骂我没出息，然后怪我不信任她的车技。之后，她锁车拍照，留着我站在原地冲她竖中指。我发誓下次再也不坐她的车，她就坏笑着说，回程换我骑，她绝对敢坐。她就有那种气死人不偿命的本领，我对她完全投降。

米拉拍照的时候完全是另一个人，安静、认真，甚至还很可爱。一棵树，一片叶子，一个路过的老人，一位认真做手工艺的匠人，一座古老的石桥，她都拍得极其认真。爱一件事物大概就是如此，你会忍不住变得细腻温柔。

米拉这样的女孩，像浑身长满刺的玫瑰，艳丽好看，却出口成灾。她的讽刺调侃不是所有人能承受的，我们之所以成为好友，是缘于一次酒吧打架事件。那是米拉第二次当我的沙发客，也是我有生以来第一次和别人吵架，吵架的原因已经不记得了，只记得当时笨嘴笨舌的我被对方言语堵到面红耳赤。米拉突然出现，一把把我拽到身后，接着就是酒瓶撞击的声音，等我看时，对方已经抱着头蹲在地上。米拉扔掉手里的酒瓶，回头对我说道理是要跟人才能讲的，别浪费时间。接着她又拿起一个酒瓶，冲对方说，你是准备和我打一架，还是滚蛋。

那件事后，我们就成了密友。米拉没有问我吵架的原因，对那晚的事也只字未提，她只说，一个女孩子在外面，一定要学会保护自己。她做的事情我可能毕生都不会做，比如，用酒瓶敲别人的头；比如，一个人独自流浪。

米拉每年在我这里住上几周，然后下一站，接着流浪拍照。米拉从来不让我送她，总是一个人背着包，笑呵呵地离开，就像她每次来的时候一样。

一五年的时候，我接到米拉的求助微信。她在清迈骑车出了意外，躺在医院，问我有没有兴趣去清迈玩一段时间。我带着笔记本和一本未完成的书稿，飞过去照顾她，她瘸着腿到医院门口等我。她的右手和右腿缠着厚厚的绷带，整个人虚弱无力，见到我却还忍不住打击我的连衣裙太土。我回击她怎么不摔掉牙，这样世界就安静了。

在医院那段时间，她也不闲着，瘸着腿指示我带着相机扶着她东拍西拍。她说医院是个丰富的素材库，世界上最痛苦的事情都在这里发生，所以不能放弃这个机会。我取笑她真是身残志坚，要把她的故事记录下来，鼓励别人。就这样，我每天扶着一个伤残人士，鞍前马后做了她的摄影助理，也是那段时间，我的摄影水平提高不少。

那段时间，来看她的人很多，能惊动不少人士打着飞的去慰问她绝对是种能耐。也是那时，我见到她同父异母的哥哥，一个貌似还算知名的电视台节目制作人。他们是重组家庭，父亲带着她娶了带着哥哥的阿姨，虽然不是亲生哥哥，但只比她大一岁的哥哥也是从小呵护着她长大。米拉投身摄影，也多少有点受哥哥的影响。

米拉哥哥的到来减轻了我的助理工作，每大由他负责她的拍照游走，我只要负责她的生活起居。

米拉哥哥的到来也给她的病员生活增加了不少内容，他包了车子，带着米拉和我游走在异国小镇，吃的、住的都上了几个档次。

一个月后，我们一起回国，米拉哥哥带着她回京养伤，我回大理继续码字。养伤期间，他哥哥为她办了一场摄影展，展出的大多是在医院期间和她这些年周游时拍摄的人文照片，我因合同在身，没能到场祝贺。

后来，米拉的家里为她安排了相亲，对方是个主持人。双方都很满意，相处了一个多月。米拉为他做了咖啡排骨，让他对家的渴望暴露无遗。但主持人对她只有一个要求：放弃流浪拍照，回归家庭生活。米拉没有留下任何讯息，直接离家出走了。为此米拉哥哥专门联系我询问米拉的下落，米拉去了哪里我不知道，但我知道她一定坚持走在路上，坚持拍照。

每次听崔健的《假行僧》我都会想起米拉，“我要从南走到北，还要从白走到黑，我要人们都看到我，但不知道我是谁”。我一直在想，像米拉这样的女孩，是不是从来没有考虑在某个人身边，在某个地方停留。对自由，对行走，对摄影的热爱已经占据了她整个身体。

米拉是我的朋友，但我好像从未了解过她，对她的过去，对她的未来。她会抨击不公平的事件，会抵制不道德的行为，也会帮助遇到困难的人，她曾经给一个拾荒老人买了两周的早点，她也把喜欢她的人刺得遍体鳞伤。

但有一点，我是知道的，就是她每年都会来看我，给我做那道咖啡排骨，我等着她像候鸟一样迁徙而来。

养猪人的得莫利炖鱼

在虚浮的世界，

只要安安静静做好每一件力所能及的事，

过好每一天，就是一种幸福。

大理的七月，正式进入雨季，刚才晴空万里的天空，苍山顶突然飘来一团云雾，雨就随之而来，当然云离开后，彩虹和晚霞就出现了。

这是大理最迷人的一刻，你站在海东的艳阳下，可以看到海西的烟雨缭绕。掏出手机，你就能获得一张单彩虹或双彩虹的绝美照片。苍山洱海，绿油油的稻田，请不要犹豫，在朋友圈尽情炫耀吧！

搬到山上的小区后，我认识了一帮臭味相投的女人，她们大多在都市职场折腾了十多年甚至几十年，如今只想找个依山傍水的地方，安安静静生活。于是我们常常结伴探寻不知名的村落，到田间地头买菜摘瓜刨土豆。

偶然的下午，原本一群人结伴吃个火锅，其中的微微姑娘接到朋友电话，说地里瓜果太多吃不完，问愿不愿意去摘点儿，都是自家种植，全绿色无污染，比市场买的好。于是一行五六人浩浩荡荡闯进龙龛码头的村庄。

王大哥是黑龙江人，光头，皮肤黝黑，有着北方人的豪爽直率，说起话来噼里啪啦像打机关枪一样，身上有股永远干不完的劲。

对他的过去，他说得不多，只知道他原是做橱柜的，生意渐渐步上正轨后却被朋友骗走了所有积蓄，于是一个人四处流浪。

在云南转了一圈，留在大理一家窗帘制作店打工，也就是在那时帮微微家装窗帘认识了微微的父亲。

也是在装窗帘的过程中，他邂逅了他的妻子。那次，他按客户的要求上门安装窗帘，这是一家有四十多个客房的酒店，酒店派了她帮忙协助，一个温柔的白族姑娘。酒店的窗帘装了半个多月，有时，安装得太晚，她就在食堂为他打一盒饭，还时不时给他加杯热水。

两人见面几次后，他主动询问她的情况，得知她单身后他直接开口求婚。短短一个多月的相处，他更加确定自己的直觉。她安静礼貌，还特别会照顾人；他热情爽朗，踏实勤快。

在征得她父母的同意下，两人很快领了证。他说，既然遇到合适的，还瞎耽误工夫干吗？他们都是实实在在，想安稳过日子的人，恋爱中那些复杂的互相试探不适合他们。

如今，他们结婚已经八年，孩子已经上学。婚姻生活中两人从没红过脸，遇到问题总是互相商量体谅。他在打理农活之余还自己折腾了一个养殖场，养了上百头大肥猪。

他带我们在田地里摘茄子瓜果，高高的玉米开着白色细穗的天花，紫色的茄子水嫩嫩地挂在叶子间，嫩绿的小瓜顶着黄色的花瓣。我们提着裙子、卷起裤腿穿梭在蔬菜里忙得不亦乐乎。

闭上眼，深呼吸，微风中夹杂着泥土和瓜果的香味。

小雨飘来，我们躲进他的养殖场。他把养猪场打理得很干净，闻不到任何异味。三排红色砖房围出一个小小的院子，院子里种满果树，开着红色的石榴花，几只鸭子在院里的水潭里嘎嘎嬉戏，一只小狗趴在狗屋里看着我们。

他一间间带我们参观，给我们讲解产房、幼儿室、配种间、洗澡间，每个地方都发生了很多故事。他帮猪接生，甚至为猪做剖腹产手术，为小猪洗澡保暖。配种间里发生的猪的爱情故事，他都能讲得绘声绘色，我除了惊叹找不到任何词语表达。原以为养猪不过是很普通的职业，但他把它们研究得详细透彻。

当一头公猪对母猪没有好感，即便发情它也会扭头就走，而当它发现喜欢的母猪，便会安静地趴在母猪旁边等待母猪发情。它们表达喜欢的方式是互相拱对方的鼻子，若不喜欢，它们不会有肢体接触，只会转圈然后走开。他解释说猪的智商为8，很多特性和人是共通的。

所有的小猪出生后都有自己的职业和本分，有的小猪生下来就是哨兵，它会睡在离门最近的地方，当生人靠近时它会第一时间发出警报，这头哨兵小猪即便长大，它也会永远记住自己的本分。

小猪们也会通过武力来决定谁是老大，只有老大，才能睡在通风以及湿度和温度最适中的地方，才能吮吸最丰盛的乳汁。王大哥经常会趴在猪窝旁研究它们的对话，渐渐掌握它们的诉求。他每天为它们冲奶粉，每三天为它们洗一次澡，而自己每周才洗一次。

这些我原本不以为然的神奇故事，让我喜欢上了小猪。看到粉嫩的小猪可爱地转圈圈，朋友都忍不住争着抱它们合影。我们奇怪地趴在围栏边看它们，它们也奇怪地盯着我们看，我从没想到，猪小的时候这么可爱。王大哥大方地说，喜欢就抱一只走，我们都急忙摇手，养不了。

王大哥没怎么上过学，如今三十四五的他跟着儿子重新学习认字。他的会客厅放满关于猪的书，问他是不是全看过，他憨厚地摸摸脑袋说，有些看不懂就请人念，念到后来朋友都害怕他，他就换个人接着念。

他托微微买了显微镜，自己开始琢磨猪的血型，以及皮毛里可能存在的疾病。他居然能把DNA说得头头是道，还用这些知识来繁殖、平衡商业猪和种猪的数量。王大哥说起这些的时候，神情专注，眼里透着自信的光。

我想象着他每天早起喂猪打扫猪圈，有时半夜两三点起来给猪接生，细心呵护小猪的样子，辛苦却踏实。

我问他，这么辛苦投入感情养大的猪卖的时候舍得吗？他又憨厚地摸摸脑袋，笑着说，刚开始不舍得，后来渐渐地也习惯了。

是的，在大理的美景，不止有享受，更多的人在努力生活。

如王大哥一般，做每一件事都尽全力做到最好，这一做就是八年多。八年的养猪经验，他已经可以一眼看出一头猪的喂养环境、时间长短。通过毛皮色泽能看出猪的身体素质、肉质口感，这些是年月累计出来的经验。

他说每个人都有自己能做的事，他注定是个农民，那么他就尽力做好一个农民能做的事，养猪种菜、疼爱妻子孩子、给家人安稳的生活。

听过很多抱怨，抱怨时局不好、运气不佳、大环境不利，但没有人真的低下头看看自己是不是够努力。在物欲横流、物价飞涨的生活里，努力付出并感恩知足的人太少。

雨在继续下，房檐上滴滴答答的雨水砸在地上，形成一个个小坑。

王大哥留下我们吃晚饭，他披上雨衣去田间找他爱人，请她在接孩子的路上买回两条大鲤鱼，说要给我们做得莫利炖鱼，他说那是他从小吃到大的菜，是他家乡的味道，也是他最拿手的菜。

他把豆腐、宽粉条子、香菇、五花肉、大白菜都放进鱼里，炖出一大锅浓香的炖鱼，他爱人又炒了几个地道的白族菜肴。在洱海边的村庄里，这样一桌南北混合的菜肴让我们吃得弯不下腰。

他们的菜肴像他们的婚姻，一个粗犷的东北汉子和一个婉约的白族女子的爱情。

吃过饭，雨渐渐停了，洱海上空挂出一条彩虹，炫丽地印在海面上。

雨停后，他把瓜果蔬菜往我们后备箱里塞，生怕不够。他不会嘘寒问暖，不善交际，但他为人朴实仗义。走的时候叮嘱，下雨路滑开车慢点，然后一个劲地说，要吃新鲜蔬菜就随时来摘，家里人少吃不完。

我们喜欢交往某个人，一定是喜欢他身上的某些特质，我想写王大哥的故事，不是他拥有传奇的人生经历、魅不可挡的高大形象，只是他有一颗对生活充满热爱，并努力坚持的平凡得不能再平凡的心。

在虚浮的世界，他只求安安静静做好每一件力所能及的事。过好每一天，对他来说，就是一种幸福。

中午蘸着太阳吃火锅

世事变迁，很多事转眼就抛之脑后，

再不会想起。

但有些事、有些人却永远留在记忆里，

如同一起度过的那段时光。

儿时的火把节，学校会象征性地做一个火把，高高地竖在操场边，并不真的点燃。我们背着书包走过，抬头看看硕大的火把，然后继续前行。

第一次真正意义上感受到火把节是在大理。那年，我背包走过大理，在朋友大刘租的院子里蹭住了半年。

大刘是重庆人，藏起一身才艺在商界打拼了十年，终于控制不住体内的洪荒之力，卖掉公司，一个人私奔到大理开了一家餐厅。脱下一身华服的他，开始每天穿个麻布衣，埋头在小市民的细碎生活里。

大刘的餐厅就在出院门左拐的另一个门内，三张老得不能再老的木桌和石头砌成的吧台，一个可以四人打乒乓球的大厨房。墙上挂着老绣片，墙边点着煤油灯，桌上放着手工陶罐，陶罐里种着一些不知名的水草，陈设和装饰都古朴怀旧，但别有特色，一定也花了很多心思。

零六年时，两个院子的房租加起来每月才两千多，所以我们很不客气地蹭吃蹭住，每月只负责买酒买菜。

他的店开不开门、几点开门全由头天晚上他喝了多少酒来决定。有时几天不开门，有时呼朋唤友天天在店里开伙。他的店在巷子里，游客很少光顾，大多是常年混迹大理的熟人。

我们住的院子是一个石头砌成的两层小楼，院子里有棵桂花，开花的时候，整个小巷都是桂花香，我们就坐在树下喝茶，互相挤兑。聊得兴起，大刘会取出吉他唱几首，从老狼唱到许巍，从张国荣唱到齐秦，情怀泛滥得一塌糊涂。

院子共有四间房，楼上两间，我和画画的小艾占领；楼下两间，一间住着大刘和女友欢欢，另一间是咖啡张。

欢欢是个精灵女子，个头不大，脾气不小，短发染成红色，永远的露脐装、紧身裤、机车衣，说话办事干脆利落。大刘和欢欢经常勾肩搭背上街喝大酒，顺带着我和小艾。

欢欢和大刘的故事，我是后来听小艾说的。欢欢独身一人来到大理，在豆瓣上发帖求收留，大刘回了一条，来我这儿吧，包吃包住，欢欢就真的来了。大刘先是让欢欢在店里帮忙，发现欢欢在装修和厨艺上的造诣都很高，渐渐地大刘把厨房和杂事都推给欢欢，舒服地当起了甩手掌柜。

欢欢的酒量和厨艺一样厉害，一次在店里，一帮朋友赌酒。欢欢原本只是帮忙上酒拿杯子，但朋友都开始用话刺激大刘，欢欢气不过，一脚踹在大桌上，抬起瓶子一口气连吹了十瓶啤酒。从此，没人再敢起哄，也没人敢和她拼酒。

仰着脖子咕咚咕咚灌酒的欢欢，让大刘看呆了，开始对欢欢各种献媚。一次醉酒后，欢欢主动把大刘拉进自己的房间，两人就这样在一起了。他们的故事，其实有很多版本，有人说大刘是被欢欢灌醉扛回去的，也有人说大刘为欢欢唱了一夜情歌，无论什么版本，大刘和欢欢都一笑了之。

小艾看着是个少女，实际年龄三十七八，但她的娇小身材和娃娃脸让她恬不知耻地叫我姐。她看待事物和人的眼光和我们截然相反，我们觉得帅的她觉得丑，她所谓的帅哥我们都不敢恭维。虽然已经年近四十，但她依然会在喜欢的人面前脸红、害羞，会像少女一样憧憬爱情。

小艾画一些谁都看不懂的画，居然卖得很好。这些收入也让她可以肆无忌惮地穿丝带玉，还能偶尔和小鲜肉把酒言欢。

不画画的时候，她会窝在床上看韩剧，然后哭得稀里哗啦。画画的时候，却变得狂野无比，颜料经常甩得到处都是。我的定义是，这是个成熟的少女。

咖啡张是大刘曾经的客户，纯属被大刘忽悠来大理定居的。咖啡张每天第一件事就是喝咖啡，不然这一天他会生不如死。他是我们这个院子里最正常的一个人，至少看上去是。

他是我见过的脾气最好的人，从未见他气急败坏地和谁说话，一直都一副绅士从容的样子。坐在一群人中，他永远是那个收拾残局、忙前忙后照顾所有人的人。因此，他也成了我们中最受欺负的人，不愿意做的事，不愿意吃的菜几乎都是他在解决。这么优秀的人，却一直没有女朋友，也没有任何绯闻。

他有个结婚十年却异国分居十年的老婆，两人几乎一年只见一两次面。他们是开放式婚姻，他知道老婆一定有男朋友，也不介意他有自己的女朋友，但他好像从不考虑，这样的隐忍也一度让我们以为他有难言之隐。

欢欢爱做饭，每天大部分时间不是在厨房就是在菜场。她做饭的时候，我们是被禁止进入厨房的，她的爱好成了我们懒惰的原动力。欢欢爱煲汤，爱做火锅，什么牛肉萝卜汤锅、排骨霸王花、菠萝炖鸡、山药鸭子，我们能想到的她都做了一遍。有时，看她莫名其妙的搭配，我们不敢下口，要等她爆粗口才小心翼翼尝试。

早点是没人能起床吃的，晚餐大部分连着烧烤夜酒进行，我们唯一一顿正常的进食便是午餐。大中午太阳下，一只浓浓的锅子，各人喜欢的菜都往里扔，几个人吃得大汗淋漓。偶尔，欢欢心情大好，也来一桌七荤八素。爱做饭的人都不爱洗碗，于是除了欢欢外，我们几人用石头剪刀布、掰腕子、丢色子甚至斗酒等办法决定谁洗碗刷锅。

我们这样一群来自各地的男男女女就这么肆无忌惮地在大理漫无目的地生活着，这样的经历一度让我后来的外企工作生活变得烦躁难忍。

火把节，是大理最热闹也是白族除汉源节日外最正式最隆重的本土节日。节日前夕，整个古城疯了一样，每家店前都扎起高高的火把。

大刘和咖啡张鼓动长居大理的闲散人士，搭起一个六米多的大火把，用松树做杆，上面捆着麦秆、松枝和经幡旗子。大刘承诺给我们一个正宗的火把，还特意请村民帮忙用竹竿串联三个纸篾扎成的升斗，这在当地意为“连升三级”。旗杆每个升斗四周插着国泰民安、风调雨顺、健康长寿等字画的小纸旗，升斗下面挂着火把梨、海棠果、花炮、灯具以及五彩旗等。这个火把一搭，引来无数围观者，大刘干脆把火把抬到主街。

火把节当天，大刘带着我们跟随村民到山上和祠堂拜火把。混在身着白族服饰的当地人中，我们深切地体验了一次火把节仪式。晚饭过后，整个古城沸腾了，街道两边点起大大小小的火把。

老刘准备了整整一袋松香，每当漂亮姑娘走过，一把松香撒到火把上，火把噼里啪啦冒出巨大火花，姑娘们停下脚步发出惊叹，向大刘投去羡慕崇拜的目光。我和小艾嫌他丢人，送去很多鄙视和白眼。

小艾拉着我去城楼，站在城楼上放眼望去，整个古城笼罩在红色火焰里，每个人围着火把随着音乐、跟着节拍笑着跳着，壮观得无法形容。在这样热闹喜庆的节日里，什么烦恼，什么悲伤，统统滚蛋。

只要这一夜，唯有这一夜，可以在记忆里停留一辈子。

一周后，欢欢和大刘吵架，两人都嚷嚷着分手，各自闷闷地喝了一夜酒，第二天没等我们劝，又相拥着爱得死去活来。这样的情形在三个月内上演了十多次，只是，大刘每次受的伤越来越重，不是被欢欢用拖鞋打得满院子跑，就是被欢欢大半夜锁在门外。

两人经常把院子闹得鸡飞狗跳，刚开始，我们还拉架劝阻，再后来，我们已经习以为常，见怪不怪了。就这样的两个人，开心起来的时候干柴烈火，不开心的时候大打出手。尽管大刘每次都负伤，欢欢每次都哭得肝肠寸断，但两个人死活都不分手，这也算爱到一定境界。

半年后，两人突然决定彻底分手，说得极其认真。因为事发突然，我们措手不及地帮欢欢打包，送她离开。回来的时候，大刘坐在院子里唱李宗盛的歌，一首接一首，我们没问，他也没说。

那天晚上，大刘做了一个牛肉火锅，我们围在院子里，吃得小心翼翼。大刘夹起一筷子豆皮，喃喃自语：欢欢最爱吃豆皮，然后蘸了蘸水狠狠地塞进嘴巴。我们说，现在开车去追还来得及。

大刘却说，再这样下去他会没命的。

夜里，我听到楼下叮叮当当响，探头一看，大刘把店里的锅碗瓢盆全扔了。一个星期后，餐厅变成了酒吧。大刘抱着吉他，喝着酒唱着歌，开始留长发。

小艾在大刘的酒吧认识了一个新西兰人，两个人如胶似漆，用刀片都刮不开。我和咖啡张莫名其妙地变成了服务员，每天打扫卫生收拾酒瓶杯子。

大理的生活很慢，但每天结束的时候又抱着夕阳的余温不肯撒手，久久不愿入睡。

我离开的时候，大刘交了新女友，一个有着漆黑长发、说话温婉礼貌的女子。大刘扎起长发，自己弄了个酒窖，开始捣鼓酿酒。小麦酒、青稞酒、桂花酒、杨梅酒，每天卷着裤脚骑着三轮车来来回回跑。

我再回大理的时候，小艾去了新西兰，据说准备定居。大刘扛不住日夜上涨的房租，举家搬到了山上。咖啡张离开大理，回到商界，每年来住三五个月。

古城禁止了火把节，那年记忆中红色的古城从此不会再有。喜庆的氛围搬到了周边城镇，这对古城是好事。热闹依然在，不在的是和你热闹的人。

世事变迁，很多事转眼就抛之脑后，再不会想起。但有些事、有些人却永远留在记忆里，如同一起度过的那段时光。

只要那一年的那一夜，唯有那一夜，可以在记忆里停留一辈子。

走过冬夜那碗老鸭汤

每个人都有一段失眠的夜。

那段艰难的时刻和那个陪伴着一起走过的人，

都将成为心中永远抹不去的印记。

每个人都有可能认识一个叫小白的人，或深，或浅。

而陈舒舒认识的那个叫小白的家伙，一直不深不浅地出现在她的生活里。小白是个英语老师，在省一中干了四年后，自己跳出来开了一个培训班。

小白的培训班开在二环北路，一个不大不小的十字路口。这家伙教学幽默，每日勤勤恳恳、细心周到。两年不到的时间已经由一个八十平米的小教室变成一个四百平米小有规模的培训机构，所教的学生也从小学、中学扩展到成人。

陈舒舒刚认识小白的时候，他还是个单干的拼命三郎。

那年，在北京工作了两年的她突然接到家里的电话，得知哥哥和父亲的生意同时陷入低谷，打拼了多年的家族生意几乎回到了一无所有，于是她撇下一切回到南方。

那段时期，除了四处请人吃饭谈事，每日变着法安慰父母，写作成了陈舒舒唯一愿意去做的事情。受身边环境的影响，她的文字大多充满无奈。她把自己关在家里，对着电脑，整个大脑和身体都趋于屏蔽外界的状态。她害怕所有的新闻节目，害怕看到电视里那些悲伤丑陋的真相。

她每日除了写字，便是看电影，有时真恨不能溺死在电影里。

人都会这样，在经历了巨大的超过自己承受能力的伤痛后，唯一的办法是让自己放空。麻木是必然的，之后才是痛苦的清醒的恢复阶段。

一天晚上，她接到一个陌生的电话，电话里的男子自称是她的读者，说看了她的文章，觉得她的每一句话都像是替他在表达心声。他说得极其诚恳，那种感同身受的表述让她无法回避。

之后的每一天，他都会打来电话，向她诉说他的心事，有时也会关心她的生活。电话有时半小时，有时甚至通宵。

一个月后，他提出见面。他不清楚当时是什么心态，只是觉得应该见见这个写字的姑娘。她迟疑了一会儿，还是答应了。

那晚，她穿一条黑色的背带阔腿裤，随意地搭了一件灰色外套，头发简单地挽在脑后，蓬蓬松松一大圈。他早早等在那里，灰褐色的休闲服，整齐干净的小平头，带着一架黑色宽边眼镜，文静稳重，和电话里那个忧伤的男子判若两人。

“你好，舒舒，我是小白。”他开口，声音亲切，她才勉强把他和电话里的男子联系起来。

两人简单地点了几个菜，电话里聊得肆无忌惮，见面却相对无言。菜上来后，他主动为她盛汤，给她夹菜，这才让两个人不再尴尬。话一说开，气氛也随着变得适宜，两人又像电话里一样自然。

小白说了他的故事，他从一个三好学生一路到师范院校毕业，凭着优异的成绩进入省一中，一直都规规矩矩地生活，从不惹事，从不放纵。作为一名英语教师，他的收入很稳定。在该谈恋爱的年龄，经同事介绍，和学校的一名外聘老师确定了恋爱关系，相处了两年后，双方家长都同意结婚，一切井然有序。

买新房、拍婚纱、订婚宴、送请帖，一切按部就班。然而，就在结婚前两天，新娘突然反悔，留下一张道歉的纸条后，关闭手机，人间蒸发了，把他留在一群充满同情目光的人群面前。他狼狈地处理婚宴事宜，向亲朋致歉。当时的他，只想有场世界大战，把这一切都摧毁，让所有人都消失，包括他自己。

他把自己锁在新房里整整一个星期，他不知道她为什么会离开，也不知道接下来该怎么办。他只想躲开同事的同情和安慰，躲开父母亲戚的追问。于是他辞职离开了学校，一个人开了这个培训班，每日把自己抛给繁忙的工作。

他第一次看她的文字，便觉得这个人懂自己的心情，果然，她懂他。她说："时间是最好的药，能治疗任何的疑难杂症，我们把自己交给时间就好。上帝既然创造了你，一定会为你妥善安排。虽然我不相信上帝，但我相信任何事物的出现和消失都是有其规律和原因的，我们都要坦然接受。"

她的话不多，但他的心就暖起来。

他们的友谊从电话开始，发展到火锅店。由于小白的工作特殊，他们的见面时间只能是晚上八点以后。

那个冬天，经常会见到一男一女四处寻找火锅店或夜宵摊。两个失眠的人在深夜像两只相互取暖的猫，孤独倔强地守护着寂静的黑夜。

更多的时候，小白在他培训室旁边的临时宿舍炖上一锅老鸭汤，陈舒舒提着蔬菜丸子赶过去。两个人洗洗涮涮，冬夜显得格外温暖。

她的父亲决定回老家开始新的生活，而她在报社谋到一份编辑的工作。父母离开后，这个城市空荡荡的，除了他，她没有熟悉的人。

他每晚都会给她打电话，每周都会炖一次老鸭汤。由于失眠，她的脸开始干枯暗黄，而他，每夜饮酒宵夜，身体也开始发胖，他们像两个顽固的恐怖分子，即便意识到问题的严重也丝毫不愿意节制，因为失眠的夜和胖比起来，失眠更可怕。

深夜，他们依然毫无顾忌地游走在大街小巷，然后围着老鸭汤锅说各自的近况，这是让他们唯一觉得温暖的事。

除了彼此，这个城市，他们没有别的朋友。

他们就这么肆无忌惮了半年，当她的老同学在商场用惊悚的眼神认出她后，她才意识到问题的严重，她开始自我节制，同时也监督他跑步踢球。三个月后，他们的恢复正好赶上明晃晃的夏季。

有时周末，两人去逛街或超市，也竟然有了回头率。

就在小白的培训班扩建后，那个婚纱照上的女子突然出现在教室里。那天刚好周末，陈舒舒正在教室里帮忙打扫，女子提着一个时尚的名牌包包站在小白面前，一副弱不禁风的样子。

小白示意陈舒舒先回家，自己带着女子离开了。之后好几天陈舒舒没有接到小白的电话，自己又没勇气和立场主动联系他。

一周后女子离开了，带着向小白借的十万块钱。女子没有说出离开的原因，他也没问。那晚，小白喝醉了，醉后的小白哭得一塌糊涂，像是把压在心里的憋屈一下子倾泻出来。

之后，陈舒舒被公司派往西安出差一个月，那一个月，她没有主动联系他，他也没有。

一个月，两个月，三个月，半年，他们好像都在等对方联系，但谁都没有主动联系对方，只是心里那个缺口竟慢慢地愈合了。

他的培训班口碑越来越好，人也越来越忙；她的工作也走上正轨，身边有了不少追求者。

时间从不肯为谁停留，在你工作、谈话、吃饭时不经意溜走。他们在人潮中走着自己的路，一切都那么自然而然。

一年后，她在和男友吃饭的时候收到他的短信，他要结婚了。她回了两个字，恭喜！

她带着男友参加他的婚礼，他的新娘温婉明亮。在婚礼上，他们轻轻地拥抱了一下。

他说："你要好好的。"

她说："你也是。"

比起情侣，他们更像是战友，在彼此最艰难的时刻相互陪伴。至于爱情，好像自始至终都没出现过。

每个人都有一段失眠的夜。那段艰难的时刻和那个陪伴着一起走过的人，都将成为他们心中永远抹不去的印记。

清明果的祭奠

千万不要像赶花期一样去赶爱，

因为真正属于你的爱不需要你辛苦追赶，

始终都会在。

"大声地喊着，说过要去远方，定要看看那色彩的天堂，在离天最近的地方，将所有悲伤埋葬。以为青春就顺势有了方向，可是青春啊！总是那么多变数，总在冲动时爱上那个人，总是失去自己，总又失去了你……"

当扬子下定决心离开喧闹拥挤的都市时，她的内心终于渐渐平息了下来，说不清是为了眼前路途的无数可能性，还是为了暂时的逃离。

一路，春风隔着车窗恋恋尾随着，正是赶花期的好时节。一年伊始，除旧迎新，无论身体还是心理都将进入下一个站点。扬子仍贪恋旧时光，倔强地不肯承认长大，却因措手不及的变更让人看出她狼狈的姿态。

扬子看着窗外逝过的树木，树影斑斑，或明或暗，或有或无，或悲或喜，如同扬子的回忆，也如同扬子和李元的爱情。大学里的郎情妾意，一旦碰到职场的明规暗则和生活中的琐碎繁杂，即便爱得再深，也如同终会撞上冰山的泰坦尼克，最终还是沉没了。

有些人就是如此，一转身便成了回忆，不舍也好，不甘也罢，从此再无半点迂回的可能，倒不如这漫山的油菜花，今期谢了，他朝花期时节，依然绚烂无比。

扬子慵懒地靠在椅背上，闭上眼，却看见一只金色的蝴蝶，飞舞在一幢被遗弃的大楼废墟中，大楼布满破碎的玻璃和生锈的钢筋。她面容憔悴，却奋力扇动翅膀，只为到达遥远的西界。她还看见这只蝴蝶身背玫瑰花瓣的背包，里面装满了阳光，如同黑夜引诱希望的眼睛。

扬子前排一个高大的身影挡住了视线，凌风回头冲着扬子笑笑，一股淡淡的烟草味就飘了过来，这已经不是扬子第一次参加凌风组织的旅行了。这个四十岁的男人，留着一头温和的长发，风镜轻轻卡在额头，永远似笑非笑的嘴角有几道小小的皱纹，却有着恰到好处的亲切，就是这样小小的亲切让很多单身女孩或明或暗地喜欢着。

婺源，这个开在春天里的黄色小镇，像梦想一样泛着诱人的光，吸引着赶花期人的脚步。

都说春花秋月最是让人心动，虽春风已临，但扬子的身心却迟迟不肯步入春的色调，她的世界滞留在了冬季，满是苍凉萧条，一片猝不及防的凌乱。

她用一个季节的流走，追溯一场刻骨铭心的回忆。

从江岭向下看，整个大地犹如一幅古画缓缓展开。层层梯田如锦似带，从山脚一直盘绕到山顶，高低错落。曲折的线条，山谷盆地中蜿蜒的小河，河边聚集的散落的村庄，四周围绕的青山。水面和蓝天交相辉映，如诗如画般点缀着一小撮粉墙黛瓦。

扬子站在河边，微风夹着油菜花的清香扑面而来，犹如嗅到梦想的味道，微甜。大片金黄色渲染了整个天际，仿佛闭上眼就能到达。花海间零星散落着几个小小的村落，那是洁净清幽的村庄。田间地里种满水稻油菜，房前屋后果树成荫，鸡鸭在果树间悠闲寻食，祥和平静。

一条幽静的溪水把这些散落的村庄串联起来，三三两两的农妇，手提菜篮，坐于河边洗菜唱歌，小调悠扬细长，如同说起古来的故事，缓缓道来。

这故事传到扬子的耳边，却催红了她的眼角。李元曾说过，他的家乡有着遍地的油菜花，待到花期浓时，油菜花会随着春风翩翩起舞，像极了裹着春风的黄色蝴蝶。李元说，来年要带她赶花期，为她在花间唱一首古老的山歌。

如今，扬子站在李元的家乡，看着远处的山峦和河边的油菜花，只是陪她看花的人却已经不在。

扬子和李元从大二起相依相伴走了四年，他们的爱情在校园开得如火如荼，两人每日形影不离，一起吃饭，一起上课，一起窝在校园电影院偷偷亲吻，一起在图书馆看书，他们像长在一起一样自然美好。

在毕业的一年后，他们各自为了他们憧憬的美好未来埋头苦干。两人没有时间一起吃饭，一起睡觉，甚至没有时间聊天。

扬子出差回到家，只见家里一片狼藉，冰箱上贴着一张纸条："扬子，对不起，我走了。"李元用一张纸条、八个字结束了他们维持了四年的关系，扬子没什么好说的。李元背包去了北京，离开的一年多，两人再无联系。

这是一场与爱有关的旅行，如同虔诚的虫子在黑暗狭窄的隧道想象阳光的场景，游历在皮肤之上，用尽身上最敏锐的细胞寻找藏于每一寸肌肤中的可能，从脚尖，绕过脚踝，越过膝盖，一路向上。然后穿透毛孔，渗入血液，找到隐匿在大堆凌乱秀发和绚丽胭脂中的心脏，用纤细的手指拨开紧紧缠绕于心脏的发丝，用余下的生命在记忆中刻下最刻骨铭心的名字。

扬子仰起头，用力深吸一口气，双手紧紧握着抓来的春风。“这边风大，我站你前面给你挡风吧！你看你，眼泪都吹出来了。”凌风站在扬子面前，低下头认真地看着她，阳光透过他的长发洒在扬子肩上，呈现出淡淡的柔光。扬子看着他黄色冲锋衣下挺拔的肩膀，温暖踏实。

“婺源的天，怎么可以蓝得如此过分？”扬子像是在问凌风，又像是在问自己。凌风没有回答，只是抬头看着湛蓝的天空。

扬子便看见凌风冷峻的下巴，不由得想到儿时村头那口永远向外溢着清泉的古井，纯实温厚，像极了指尖抚过红玉，刹那，如同心底那抹久违的温柔，就这样一圈圈荡漾开来。

那晚，凌风安排了一场盛宴，有荷包红鲤鱼、粉蒸菜、糊菜、鸳鸯湖中的鱼做的酒糟鱼等，最让扬子喜欢的是清明果。清明果原是清明节时才吃的，用野艾叶和糯米做成绿色软糯的皮，包着腊肉、萝卜、竹笋、豆干、豆芽，再加入调味料蒸熟。扬子一口气吃了六七个，像是为了祭奠自己死去的爱情。这些菜上点缀着油菜花，满满一桌子的美食唤醒了扬子久远封锁着的味蕾。

在婺源的一周，扬子见到了群山的壮阔巍峨，体会到了村落的清雅幽静，嗅到了河水的清甜洁净，觅到了海边的花田起伏、绿麦黄花交织。大自然用自己的方式赋予了人类神奇的幻境，怎可辜负？

在这罕见的田园风光里，扬子觉得一切是非对错、感情纠葛都变得渺小甚微，缘起缘灭终耐不住时间的拷问。

她看见凌风的微笑，温暖踏实，眉角飞扬。

扬子便这样捡起落在寒冬的心，让缚在皮肤的干枯毛发化作肉眼看不见的细小尘埃，消失在旧日时光中，然后笑得云淡风轻。

这么深刻的依恋，像是藏匿在血液深处的小鱼，始终安静地游荡，偶尔跃出水面，唤出久违的感动，从不曾离开。

旅行的意义，大致如此。搭乘着时间的大巴，用优雅的舞姿纪念未知的征途，到站的时候，闭上眼，仔细回想春花绽放的色彩、夏雨滴落在泥土里的声音、秋风穿行于耳鬓的气息、冬日穿透树叶倾泻下来的温暖。

你，只需用心聆听。

回程的路上，扬子脑袋里闪过一句话，千万不要像赶花期一样去赶爱，因为真正属于你的爱不需要你辛苦追赶，始终都会在。

榴梿小姐的冰箱

社会给了女人太少的生活模式，

却要她们遵守太多的生活制度。

如今的女人经济独立、思想独立，

绝对可以活得潇洒自如。

至于爱情，撞上了是幸运，遇不到也不必强求。

生活说到底是自己的，与他人无关，

自己过得开心比什么都重要。

榴梿小姐酷爱吃榴梿，只要是榴梿做的食物，她都不会错过。时间长了，周围的朋友都叫她榴梿小姐。

而罗小溪和张茜茜却最讨厌榴梿的味道，罗小溪常说闻起来像汽油一样，让人头晕脑胀。

奇怪诡异的味道，这一点和榴梿小姐的性格倒是颇为相似。她的冰箱里有一个榴梿翻糖蛋糕，嫩黄的蛋糕上有一对背靠背的小人，女孩踮着脚尖，都幸福地看向远方。

这个翻糖蛋糕已经放了很久，久到已经由食物变成了一个装饰。她时而拿出来闻一闻，上面还有一层淡淡的榴梿香，像她的青春。

罗小溪坚定地认为，女人的幸福是嫁个疼爱自己的男人，而张茜茜则是个坚定的单身主义者，她爱自己超过任何人。她喜欢穿紧身连衣裙，长发柔顺地披在右边，使用浓烈的眼线和口红，显得皮肤更加白皙，身材性感热辣。

张茜茜过完三十岁生日以后就再也没增长过年龄，她开了两家服装店，开着红色宝马，用她自己的话说，没有男人可以让她变成家庭主妇，她也不需要贤良淑德的好名声来取悦男人。她热爱一切的社交活动，总是出现在各种华丽的舞会中，享受着男人的爱慕和殷勤。

张茜茜是罗小溪前同学，罗小溪是榴梿的前同事，于是，罗小溪根据 A 等于 B，B 等于 C，那么 C 就等于 A 的法则让她们也成了朋友。

榴梿小姐有过一段刻骨的爱情，她上高中就开始暗恋着她的语文老师。语文老师是个刚毕业的实习老师，不高不帅，甚至还有点呆萌，但榴梿就是喜欢。那时，他二十六岁，她十五岁。她永远记得他第一次上课的样子，蓝色牛仔，白色衬衫，挎着一个为人民服务的布包。他站在讲台上，从包里掏出课本和一个有些掉漆的绿色斑点大洋碗，那种碗当时除了农民工已经很少有人使用了。

他的课生动有趣，总能用新颖的词语来带动大家的学习气氛，会用故事让大家记住一个新鲜的词语。那时候的榴梿自卑内向，上课从来不会举手回答问题，对这样的学生老师总是会慢慢忽略，但他正好相反，他对他们更加关注，下课后主动为他们补课。

他借了很多作文辅导书给她，她渐渐喜欢写作，文字也生动丰富起来。三年的努力，榴梿从倒数第五名爬到第十名，高考时语文以 142 分的高分进入当地重点大学。

毕业的时候，她叠了一千只千纸鹤，串成帘子送给他。大学后，她每周给他写信，天天刷他的 QQ 空间，关注他的一举一动。大二，她不慎从楼梯上摔下来，小腿骨折，她躺在医院给他发信息。他提着水果意外出现在病房门口，依然挎着那个为人民服务的布包。他从包里掏出 CD，给她放许巍的歌，他用那个掉漆的碗给她打饭，两人的感情一点点升温。

确定恋爱关系后，她的大学生活有了色彩，周末他们划船、看电影，他带她参加各种讲座或沙龙，认识一些当地知名或不知名的作家。每年她生日的时候，他都会为她买一个她爱吃的榴梿蛋糕。

毕业后，她去了当地报社，他依然每日在讲台上眉飞色舞上课。如果幸福能一直延伸，她愿意付出任何代价。

他们热恋的温度最终没能让他们突破家庭的阻挠，双方家人的强烈反对让他们筋疲力尽。她的母亲以死威胁，每日安排相亲寻死觅活逼迫她离开他，他的父亲则要和他断绝父子关系。

最终，他们妥协了，两人狠心结束了这段五年多的感情。

分开后的那年生日，她收到他寄来的榴梿蛋糕。她把它小心翼翼地放在冰箱里，一直不舍得吃。两人在一起的甜蜜时光每日折磨着她，让她一度想要去到一个无人之境。那是她的初恋，也是他的遗憾。

这些年，追求她的人很多，但她都不动心，张茜茜骂她傻，她只说了一个故事："一鸭子相亲，来一天鹅，天鹅深情表白，被鸭子婉拒。又来一仙鹤，也被拒绝。又来一孔雀，大献爱慕，也被拒绝，孔雀恼火了：你个丑小鸭，居然还挑剔我？ 终于鸭子哭了：我没有奢望，我只不过想找个合适的鸭子而已。所以爱情这事本就没有标准，纯粹就看你喜欢与否。婚姻虽也讲条件，可到头来依然敌不过我愿意三个字。"

榴梿小姐已经快三十岁了，当她后知后觉地意识到这个问题的时候，是在罗小溪的婚礼上。

她说不清为什么，当她看着那个曾经被她拒绝的杨舒文兴奋地把戒指套在罗小溪胖嘟嘟的无名指上时，心里竟然开始酸涩起来，像是在冬天阴暗的角落，误食了一块发霉的蛋糕，那种冰冷酸涩的味道堵在胃里，令人作呕。

罗小溪幸福得快要发疯了，她抱着那个有些秃顶的男人，使劲地大笑着，露出两颗大大的门牙。这仿佛是要告诉所有人，她终于在三十岁之前嫁了个还不错的男人。

社会给了女人太少的生活模式，却要她们遵守太多的生活制度。

“妞，我已经嫁了，你也赶紧的。”罗小溪挽着杨舒文过来敬酒，她肥胖的身体撑得礼服有点微微变形，而杨舒文穿着笔直的西服，看上去比她之前见过的任何时候都帅气。

“恭喜。”榴梿小姐微笑着吐出两个字，罗小溪揽着她的肩，笑嘻嘻地说道：“这是我的姐妹，她可是个才貌双全的大美女哦！”榴梿小姐尴尬地笑笑，她看见杨舒文眼里满是陌生和客气。

他居然像不认识她一样，淡淡地说着：“你好，一直听小溪说起你，谢谢你对我们家小溪的照顾。”他就站在离她不足二十厘米的地方，眼睛毫不躲闪地看着她，带着淡定的笑容，像是从来没有见过她一样。

两个月前，他还抱着早点在她楼下站了整整两个小时，只为见她一面。而今，他居然笑容可掬地挽着罗小溪，向亲友介绍。原来，掩饰这个词真是所有人都会用，即便看上去老实敦厚的杨舒文也能老练地道地运用。

其实，她并不喜欢他，更扯不上爱，甚至谈不上好感，在杨舒文追她的两个月里，他温暾散漫的性格让她抓狂。她不管他如何浪费自己的时间，但她不允许他浪费她的时间。

作为姐妹，她真心希望罗小溪找到幸福；但作为女人，她愤恨杨舒文虚伪做作的假笑和快速的变迁。

酒宴还没结束，榴梿小姐便起身告辞，离开了那个洋溢着幸福音乐的婚礼现场。她站在酒店门口，十月的城市已经开始寒冷了，她就这样穿着单薄的连衣裙站在冷风里，背后是喧闹的人群，而她面前却只有冷寂的空旷的街道。

张茜茜打来电话，请她去接她，榴梿小姐见到她的时候，她已经醉晕在 KTV 的卫生间里，一班热情高涨的男人在黑灯瞎火的音乐里别扭地扭动着身体。榴梿小姐一阵反胃，扶着张茜茜离开，这就是张茜茜热爱的夜生活。

喝醉的张茜茜哭哭啼啼诉说着做女妖精的痛苦，表面上享受万千男人的追捧，内心却比谁都空虚。榴梿小姐心里至少有那么一个人，在夜深人静的时候可以用来思念，而她，连想念的人都没有。

榴梿小姐抬头看看窗外漆黑的天空，没有一点光明，她突然意识到，对于一个三十岁的女人来说，还要坚持等待一个不可能的结果的时间是有限的，而她心心念念的爱情更是一种奢求。

第二天，张茜茜依旧生龙活虎地作孽害人，而罗小溪结婚后，对红娘事业变得热衷，每日变着法安排榴梿小姐和张茜茜的相亲，搞得她们见到她，唯恐避之不及。直到罗小溪在杨舒文的手机里翻出一张他和别的女人的亲密照，开始疯了一样找她们诉苦。

张茜茜和榴梿开车去帮罗小溪搬东西，把死不认账的杨舒文一顿臭骂，没承想，罗小溪才离开两周的时间又搬回家住了。张茜茜扬言再也不管她的破事，只顾每天吃吃喝喝，烫发美甲，过着她女妖精的生活。

其实，榴梿佩服张茜茜，她果敢决断。用她的话说，如今的女人经济独立、思想独立，绝对可以活得潇洒自如。至于爱情，撞上了是幸运，遇不到也不必强求。生活说到底是自己的，与他人无关，自己过得开心比什么都重要。

三十岁的年纪，罗小溪忍气吞声过着婚姻生活，张茜茜依然潇洒不拘、游戏人间，而她，依然保存着冰箱里的那个蛋糕，还散发着淡淡的榴梿香。

一个饺子的故事

L 先生本不叫 L 先生，他叫林熲，

只因为夏雨敏第一次见到他，便毫无惧色地大声叫他 L 先生。

即便在他向她投去最严厉威肃的眼神时，

她依然誓不改口。于是，

他就心不甘情不愿地默许了这个莫名其妙的名字。

夏雨敏第一次见到 L 先生是在大一新生军训的时候。夏季热辣辣的太阳直愣愣地打在一排排参差不齐的绿色迷彩服上，一个个高矮肥瘦的身体像烤鸭一样冒着热气。教官从包里掏出一颗金嗓子，塞进口水四射的嘴巴里，继续喊着口令，丝毫没有要停下的意思。

夏雨敏前排的女生就这样直直地倒了下去，没有任何征兆。夏雨敏还未反应过来，一个高大的身影就冲到面前，从裤包里拽出两个冰袋，放在女生头上，为她降温。

夏雨敏看着这个高大的身影熟练地做着一切，整个人都僵在那里。他留着干净简洁的板寸，额头上冒着细细的汗珠，整齐的牙齿紧紧咬着下唇，唇上留下一圈淡淡的红色。看着他在阳光下淡红色的嘴唇和透明的汗珠，夏雨敏整个人都呆了。在她的世界里，只有哥哥那样邋遢杂乱，房间充满球鞋臭味的男生，却不想，还有这样干净清澈的。于是她就这样毫无抵抗力地跌了进去。

跌进自己想象的小世界。

林焜双手拼命地给地上的女生扇风驱热，他眼神专注地看着她。夏雨敏羡慕地站在旁边看着，恨不能躺在地上的是自己。也许是感觉到身边热辣辣的眼光，林焜抬起头看了看夏雨敏，眼神里都是陌生。夏雨敏便在心里暗暗发誓，要将这个瘦高清秀的男生纳入囊中。

待教练把晕倒女生送去医务室后，夏雨敏跳到林焜面前，伸出手握住他冰凉的大手，一股清凉渗进夏雨敏的身体，连说话的声音都透出清凉。

“你好，我叫夏雨敏，你叫什么？你好像L，你就叫L吧！你好，L先生。”林焜看着眼前这个说话像机关枪一样的女生，用力抽回手，没有说话。夏雨敏在阳光下仰着头看着他，脸颊上小小的雀斑显得俏皮可爱。

整个军训期间，夏雨敏的眼神再也没离开过他，但凡有林的地方，都能看见一双灼烈的眼睛。有时，打球的林焜会递过一个意味深长的眼神，夏雨敏便捧着那个眼神兴奋一整天，若林焜在打饭时对她微微一笑，那夏雨敏可以高兴整个晚上，连梦里都是他的笑。

没多久，林焜便成了标兵，每日昂首挺胸走在队伍前面，加上他沉稳的性格和广泛的知识面，他很快便成了全年级的领头军。夏雨敏对他的着迷也已经上升到痴迷。

军训结束的晚会上，林焜穿着白衬衣，抱着吉他坐在舞台中间，一曲《加州旅馆》让台下的女生尖叫不断。从此，他像唐僧一样被无数女妖围绕着，她们看他的眼神让夏雨敏害怕。

回到学校的夏雨敏神情恍惚，报名参加了学校的漫画社。漫画社社长是留着卷曲长发的大三学长新岩，美术系的新岩和几个爱好漫画的同学，创建了漫画社，每周固定组织一次看片会和几堂绘画培训课。而沉稳的林焜却意外地进入了跆拳道社，每日穿着白色的跆拳道服装在宿舍与教室之间穿梭。

夏雨敏便找各种借口路过跆拳道社，与林焜照面聊天。一个月后的一天，林焜在教学楼下堵住正准备给他送酸奶的夏雨敏。

“夏雨敏，我谢谢你对我的好，但请你以后别这样了。”林焜甩开夏雨敏，径自走了。

这之后，学校传出一个故事，跆拳道社的邵媛媛是林焜的女友。邵媛媛是公认的美女，她有美丽的面容、热辣的身材、优异的学习成绩。在才艺方面，她静可弹奏古琴，动可击倒拳友，一直是许多学长学弟的女神。这对男才女貌的组合也让校园的痴男怨女收敛起自己的口水和念想，包括夏雨敏。

夏雨敏懊恼自己的愚蠢，也羞愧在林焜面前的失态。于是，在遇见林焜的时候，即便林焜冲她微笑点头打招呼，她都低头急过，完全屏蔽。

因为太年轻，所有的悲伤和快乐都显得那么的深刻，轻轻一碰就惊天动地。

大二分班后，夏雨敏见到林焜的次数更少了，她远远看着林焜和邵媛媛并排走在校园里，懊恼不已。

放暑假那天，发生了几件事，一是新岩给夏雨敏塞了一封情书，情书里表明对夏雨敏的喜欢。二是夏雨敏在学校影院门口撞到邵媛媛，邵媛媛幸福地挽着另一个男生。三是林焜突然给夏雨敏打电话，当夏雨敏赶到学校后门酒吧的时候，林焜手指上全是凝固的红色液体。

林焜晃着手里的啤酒瓶，眼神朦胧地看着夏雨敏，夏雨敏的心突然就软了。真是讽刺的一天，就是一瞬间，夏雨敏骄傲的自尊便妥协了。她所有的懊恼，所有的不甘在林焜忧郁的眼神里摔个粉碎。

“什么都不要问，陪我就好。”林焜拉着夏雨敏的手，指尖微凉。一个学期的封存，以为自己可以不去理会林焜，不去理会对林焜的喜欢，但现在，这些决心就这样轻易地被林焜的一个表情打败。

那个暑假像夏天的棉花糖，软绵绵地透出甜味。

开学后，夏雨敏满怀欣喜，却远远看见林焜和邵媛媛并排朝校外走去。林焜脸上挂着淡淡的笑，路过她身边的时候，林焜没有任何表情。

夏雨敏含着眼泪回到宿舍，却见新岩在宿舍楼下焦急地东张西望，看到她便急急跑过来。新岩从包里掏出一个礼物盒递给夏雨敏，里面是一本小小的画册，画册上是穿着背带牛仔裤的夏雨敏，有微笑的，有疑惑的，有兴奋的，有遗憾的，有闭目打瞌睡的，有吃冰激凌的，满满一本画册都是夏雨敏。

从小到大，没有任何一个男生为她画过画，新岩看到的她比她看到的自己更多。

那天以后，新岩每日都会为夏雨敏送来早餐，中午早早地等在她的教室门口，晚上陪她去图书馆，周末带她去写生，这个成熟的学长把她所有的课余时间安排得丰富多彩。

这个美术系的大男生把能想到的浪漫事，都做了一遍。

夏雨敏渐渐沉入新岩的关怀中，虽然再见到林焜时，心里还是有小小的不舍，但与新岩的包容和关心比起来，那点不舍太无关紧要了。

新岩毕业前，办了一场华丽的动漫嘉年华晚会，让整个校园沸腾了一夜。晚会结束后，林熀作为特邀嘉宾也参与了深夜聚餐。那晚的林熀莫名地活跃，和新岩频频举杯，夏雨敏坐在旁边静静地看着他们，不言语。

深夜三点，同学都开始往回撤了，桌子边只剩下他们三人。新岩已微醉，林熀却还异常清醒，夏雨敏看着新岩搂着林熀的肩，两人小声低语着。

再后来，新岩趴在桌上不再说话，只剩下清醒的林熀和夏雨敏。林熀突然回过头看着夏雨敏，眼神严厉："我以为我可以一直是你的 L 先生，没想到还是错过了，我很羡慕新岩，他真的很有福气。"

"林熀，你喝醉了，但请你保留我的自尊。"这是夏雨敏第一次叫他林熀，这个名字从她口中出来，两个人都觉得有一种远隔千里的陌生感。

"不是这样的，我那天只是和邵媛媛一起吃午饭，心平气和地结束我们的关系。我只是想处理完我的以前，然后和你开始我们的以后。可你连一天都不能等吗？"

"林熀，有些错过是注定的。新岩对我很好，我也很喜欢他，请你以后不要再说这些话。"夏雨敏看着林熀的脸，这个清爽的男生还是和他第一次见到一样，有种让人想要靠近的欲望。

但现在的夏雨敏，身边已经有了无法挑剔的新岩。

是的，有些错过只能是错过。

新岩毕业后，为了方便照顾夏雨敏，在学校附近找了一个单身公寓，周末便接夏雨敏回去，给她做顿晚餐，然后一起窝在沙发上看电影。这种生活一直是夏雨敏想要的，平淡温暖。

再遇到林焜，他们会打个招呼，聊会天，偶尔一起吃个饭。好像大家都一下长大了，相处也变得轻松和谐。两个人都心照不宣地维持着一种默契，话题无非是最近的电影、星座娱乐、学校的社团活动等。

与爱无关。

有时，夏雨敏会想，人与人的情感真是一件奇妙的事，两个原本不相识的人，遇到了，喜欢过，分离过，争吵过，为难过，现在居然变成了比友谊更有益的关系。

偶尔，新岩会邀请林焜到家里吃饭，两个男人在沙发上看球赛，夏雨敏精心为他们做顿丰盛的晚餐。三个人有意无意地维持着一种平和的关系，时间长了，相处也自然了。

时间是最奇妙的药，任何疑难杂症都能治疗。

夏雨敏毕业那年，新岩远赴英国培训，走的时候，请林焜帮忙照顾她。从机场回来的路上，林焜和夏雨敏都没说话，此时，无论他们说什么都是不合适的。

之后，夏雨敏在报社做了实习记者，而林焜在一家外企做了一名推销员。遵从新岩的嘱托，林焜每周都来看夏雨敏，帮她换煤气罐、修水管，偶尔陪她去超市买家用。

工作后的两个人，说话不再针锋相对，处处体现出大度和包容。一晃眼，一年过去了。

新岩一年的培训到期后，他又接受了两年的外派工作。满心欢喜的夏雨敏站在空荡荡的机场大厅，听着新岩从英国传来的解释。

那一年，全国非典，夏雨敏有点轻微的感冒，一个人关在家里一整个星期，那个星期，新岩的电话一直在占线。林熀抱着满满一箱子的食物和水，在夏雨敏的沙发上陪了她一周。

只会包饺子的林熀把能做的馅都包了一遍，然后换着煮法给夏雨敏吃，蒸饺子、煮饺子、煎饺子、炸饺子。那一周，整个屋子和身上都是饺子味，饺子成了他们生死与共的战友。

再后来的一年，新岩的电话越来越少了，当夏雨敏期待着连通电话，那边也只是一句，在忙，开会。

年末的时候，林熀下定决心，一个人去了北京，他刚下飞机就给夏雨敏打电话。

"敏敏，这边好热，我像个土冒一样穿着外套站在人群里，身边的人都短袖短裤。敏敏，我觉得自己像没穿衣服一样滑稽。"

每天，夏雨敏都会接到林熀的短信。

"敏敏同学，起床记得吃早点。"

"敏敏小朋友，该吃午餐了，我今天吃了炸蝎子哦！"

"敏敏，今天我在国贸看到你喜欢的陈道明老师了。"

"敏敏，不要熬夜哦！睡觉觉才会变漂亮。"夏雨敏看着手机，心里暖暖的。

离开了三年的新岩终于回来了，不过不是一个人。

新岩约夏雨敏在星巴克见面，他穿着一套合身的西服，领结整齐，举止大方得体。一头卷曲长发变成了整齐干净的板寸，下巴留了一圈小小的胡子，已经是一副成功人士的样子。

他起身和夏雨敏握手，脸上保持着一种淡定的微笑，他说："你好，夏雨敏。"

夏雨敏突然有一种陌生感。

“两年没见，你过得好吗？”新岩的语调也把握得恰到好处，既没有过分亲热也表达了足够的关心。

“对不起，我只有中午的时间，想和你商量件事。我认识了一个人，她是……”

“我们分手吧！”夏雨敏没等新岩说完，从包里掏出一百，放在桌上，微笑着说：“不好意思，我还有点事，你慢慢喝。”起身离开了。

真是一场讽刺的久别重逢，五年的陪伴终结于一场尊严与爱的较量。

新岩回英国后，夏雨敏的生活归于平静，除了林熀的短信，她发现自己一无所有。

但夏雨敏已经学会了自我调节，她已经知道了有时候自己想要的未必是必须得到的，她已经懂得社会学是一门深奥的学科，也会优雅大方地处理各种人际关系，她可以得体从容地独自游走在城市中。

半年后，夏雨敏似乎已经淡忘了一切。

“敏敏，我明天回来。”

接到林熀的电话，夏雨敏开车到机场去接他。

那天，林熀为夏雨敏包了一桌子饺子，两个人吃了一下午。林熀把这两年的事情说了一遍，一点一滴都不想忽略。他说他第一次吃蝎子，吓得半死；他说他去长城，感受壮丽河山，自己仿佛也变得强壮了；他说他凌晨五点，站在天安门等升旗；他说他的工作，说他的同事。

最后他说，可惜你不在身边。

人是要不断修炼的，尽管夏雨敏把自己的心包裹得严严实实，还是被林煜的一句话瓦解。

她终于哭了，这些年一个人的痛在林煜面前毫无掩饰地宣泄了出来。

那晚，她喝醉了。她说，我们忘不掉一个人，并不是忘不掉那个人本身，只是舍不得那时在他身边快乐的自己。

林煜回北京前，为夏雨敏包了一冰箱饺子，按夏雨敏的食量一袋一袋装好。夏雨敏吃完那一冰箱饺子，便辞去了工作。她想去非洲，那是她梦想的地方。她没有告诉任何人，关闭了电话，一个人去了。

在乞力马扎罗雪山下，一个人轻轻拍了拍她的肩，她回过头，就看见阳光下一张洁净的脸，干净简洁的板寸，半透明的嘴唇上扬着。他伸出手，亲切地说。

“美女，你好，我叫 L 先生，可以认识下吗？”

夏雨敏仰着头看着他，说：“叫我敏敏就好。”

非洲的天空比她想象中的更高更蓝，蓝得通透清澈，肆无忌惮，像极了 L 先生的笑。

滑蛋仙人掌

这一刻，她终于明白了何谓灵魂伴侣。

对方不需要知道你的工作、财力，

甚至不需要知道你的姓名；

只需要懂得你此刻的感受，然后默默陪伴。

占占是我的邻居，她是个宅到古怪的女孩。别人的院子里种花种菜，她的院子种了满满一院仙人掌。每次去她院里喝茶，我们都像取经一般，需要躲避各个张牙舞爪的尖刺妖怪。稍不留意，丝质的裙子围巾就要留下一条伤疤。

她的仙人掌大多是可食用的，粗壮凛冽毫无规律可循，却能同一时间开出五颜六色的花，花瓣娇艳青嫩，结出的果实也水润清甜。

占占说她喜欢仙人掌，看似一脸生人勿近，尖利的外表下却藏着柔软的果肉，像极了女汉子，表面尖酸刻薄，内心却比谁都柔软。

占占是一名占星咨询师，大一时苦苦暗恋一学长，终不得志，在学长毕业前夕按捺不住告了白，却被学长毫不留情地拒绝，理由竟是射手座的他不能和狮子座的她相配。于是，她开始疯迷研究星座，大二下学期，偶遇爱情。

毕业后占占离开重庆，只身跑到深圳，一边上班一边研究占星学，用了五年多的时间考了占星咨询师证，从此愈发不可收拾。

占占在深圳时奋战于销售第一线，每天忙碌的她从没体验过家居生活，也从未想过。作为一个狮子座女强人，从初涉爱情起，她就在爱情中掌握着一切主动权，但这份不经意间流落出的强势也让她吃尽苦头。繁华都市中生活不易，她只想在茫茫人海中寻找一个灵魂伴侣，从此不离不弃。

那时的她，在爱情里是那么笨拙执拗，热情如火地横冲直撞，也一次次摔倒在爱情的神坛下。情场失意的她事业却一路平顺，从最开始的销售岗位转为管理，后因业绩突出一路直上，最终得到股份，成为股东之一。

也正是在那个时候，她结束了自己长达五年的恋情。五年的异地恋，输给了各自不同的经历和价值观。她把自己交给工作，努力认真，起早贪黑应酬着各种社会人际关系，而他研究生毕业后留校成为大学教师，不经世事的他无法理解她的夜夜笙歌。

毅然决然离开的他让她再度投身事业，爱情在繁华的都市和居高不下的物价面前，显得那么奢侈。在一次销售酒会上，她结识了合作公司董事，一个令人艳羡的单身钻石王老五。但这段以成就和物质为基础的恋爱不到一年，就结束在对方母亲的反对下。钻石男听从母亲门不当户不对的意见，狠心抛下了拼命三郎的她。

她再一次成为爱情的遗孀，失恋的打击让她更加全身心地投入工作，她没有时间逛街喝咖啡，没有时间为自己泡壶好茶。

事业成功的她，有了豪宅专车，但物质却未给她带来满足和快乐，只让自己变得更加世故和空虚。

她开始对追名逐利和物欲横流的模式感到厌倦。长年超负荷的应酬醉酒也让她的胃越来越脆弱，时常夜间痛到失眠冒汗，去了很多医院，换了很多胃药依旧无法缓解。很多个胃痛的夜晚，让她对温暖的家庭生活更加憧憬，期盼身边有个可以不离不弃知冷知热的人。

可能每个事业心很重的女人都会经历一些不如意的爱情和锥心的虐恋，于她亦是如此。在遭遇了又一段虐心的爱情后，她压着失望挺了三个月，郁闷地完成了手上的交接工作，以最快速度背包出发到了云南。

出发前，她特地化上明艳的妆容，让自己看起来不那么憔悴，但内心的伤无时无刻不在隐隐作痛，只要稍一用力，那道压抑的伤就能撕碎她。

沿着大理到丽江，那时的丽江是那么安静，小巷里过路的老狗、流浪的歌手、坐在路边卖特产的纳西大娘，她的记忆被暂时封闭起来。与他的相遇是在到达丽江的第三天，在客栈的院子里，一群天南地北的小伙伴聊天喝酒玩扑克。

他习惯地甩出一句重庆话，她也习惯地接了下去，两人异口同声叫道：老乡。

两个独自在丽江游走的重庆人就这么遇上了，而他当时正结束了一场不理想的婚姻，独自散心疗伤到丽江。

那天，他们在院里聊了很多重庆的小吃特产，聊儿时的记忆，他们甚至在同一家店吃过同一道菜，这种神奇的机遇让他们都惊喜不已。离开家乡十多年的她，在他们的回忆中找到久违的亲切感。

夜间，她的胃病开始复发，她抱着枕头跪在床上，无奈之下只得向他求救，他穿着睡衣跑了半个多小时的路去买药。

第二天，他买了一盆食用仙人掌，又向客栈老板借了厨房，为她做了一碗滑蛋仙人掌。他介绍说仙人掌茎加上制香附用水煎是可以治胃痛的，但暂时找不到制香附，只能为她做碗滑蛋仙人掌。

占占一个人叱咤江湖那么多年，那是第一次，有个男人为她下厨。看着那碗黄绿相间赏心悦目的滑蛋仙人掌，她强忍着眼泪吃得干干净净。不知是仙人掌起了作用，还是心理安慰，她感觉胃好了很多。

事后，她想为什么是云南而不是海南，如果早一天或者晚一天，又或者她没入住这个客栈，未来又将如何呢？这些假设无从得知，也许这就是命运。

在丽江游玩四天后，他约她同行泸沽湖。那时，丽江通往泸沽湖的路还没有修好，一路颠簸，他们挤在最后一排靠左侧窗户的位置。

路上，他把一个耳机塞给她，里面循环播放着《可风》，也许是因为旋律过于优美，也许是路途过于颠簸，又也许是沿路风景过于优美，她终于溃不成军，泪流满面。

她不记得到底哭了多久，只记得她用掉了两个人包里所有的纸巾。七八个小时的路程，她把压抑了很久的痛一次性释放了出来。而他，没有惊讶，没有嫌弃，始终温柔地轻抚着她的肩，眼里满满的心疼。因为懂得，所以心疼。他们像是相识很久的老友，无须语言，无须宽慰，只要一个眼神。

这一刻，她终于明白了何谓灵魂伴侣。对方不需要知道你的工作、财力，甚至不需要知道你的姓名，只需要懂得你此刻的感受，然后默默陪伴。

宁静的泸沽湖，他们静静聆听；古老祥和的村落，他们轻轻走过。仿佛置身世外桃源，没有什么比内心的宁静更让人放松。

他们坐在屋顶看星星，互相诉说心事愿望。短短一周，他们不知道是对方救赎了自己，还是自己成全了自己。

结束这趟旅行回到都市，回归忙碌的她始终无法忘记那天他的眼神和那碗滑蛋仙人掌。而选择在泸沽湖开客栈的他也对她念念不忘，几个月后，他放下开业不久的客栈，跑到千里之外的深圳寻她。

这次的异地恋，他们都开始得很认真。两年后，她辞去如日中天的事业，和他一起移居到大理，成了我的邻居。

兴许是先前的生活太多应酬，也兴许他们选择隐居，如今他们的生活简单质朴，没有华丽的衣裙，不爱社交。除了邻里间偶尔小聚聊天，他们很少出门。两个人每日买菜做饭，浇水遛狗，过起了宅居。

我们熟悉起来是因为占占老公回家，不会做饭的占占开始和我拼饭。每天我做好饭发个微信，她端着自己的碗筷跑过来用餐。女人的友情就是这么简单，一起八卦一下周边的人，聊聊过往和爱好。占占毕竟曾经是理财高手，在我一塌糊涂的理财意识里给我补了几课，让我对之前混子的生活来了一次彻底的反省。

占占养了一只狗，我赶稿之后也会和她一起在小区遛遛狗，顺着溪水边瞎转一圈洗洗肺。

我买了租房隔壁的房后，拖延症的我纠结了好几天要不要搬家。占占二话没说，直接跳上我的床开始拆窗帘，一边拆一边说，搬，今天就搬，我帮你一起搬。于是，两个姑娘，把我的床、书桌、衣柜以及八百多棵多肉一天之内全部搬到新房。之后，累得半死的两人躺在地板上抽着烟，哈哈大笑。

接下来的几天，她每天过来报到，帮我布置茶台桌面，然后一起做饭。我用了一个多月的时间，在院子里搭上铁架放多肉，把一楼卫生间拆了放上橱柜变成厨房，还天天琢磨怎么拆墙搭玻璃房，那段时间过得充实而快乐。

新房布置完，放着音乐，我开始赶稿，占占在我屋里自己泡茶看书，我们相伴却不互扰。占占老公回归后，他们两人又开始男耕女织虐我这条单身狗。当然，我们的友情一直跟随时间慢慢加热。

阳光晴好的下午，占占也会到我院里，一起听着音乐抽根烟，她也会打开手机给我看星盘。

占占说，人最难的是了解自己，而透过星盘能更好地了解自己，并更加通透地掌握自己的人生。

他们在院子里种满仙人掌，每周，他都会为她做一碗滑蛋仙人掌。

外貌控和蛤蜊丝瓜泡饭

一个女人，

可以肆无忌惮地去爱一个人，

但一定要确定，那个男人值得你爱。

值得你流泪的男人绝对不舍得你哭泣。

“天快亮了，我要走了，我肯定不会把你吵醒，我相信，你一定明白，为何我要不辞而别。这不是一个借口，也不是一个理由，我爱你却更爱自由，在下一个车站，在下一个城市，我的爱只属于旅途。”

苏琪每次听到这首歌都会想起田枫，想起他穿着一件黑色的宽大毛衣坐在暗红色的灯光里，抱着吉他对着台下的听众柔情似水地演唱。他的眼神在黑暗中发出满满期许的光，让每一个在台下为他心动的女孩都恨不能立刻背上行囊，跟他流浪远方，去看看下一个城市和车站。

曾经，苏琪也是这些女孩中的一个，也曾被田枫磁性浑厚的嗓音和放荡不羁的外表吸引。尤其是他翘着笔直修长的大长腿，慵懒地靠在椅背上吸烟的样子，再看看他隔着衣服透出的宽厚结实的胸膛和那双风情无限的眼睛，真是要了苏琪的小命。

第一次见到田枫是苏琪来厦门的第一天，在鼓浪屿的夏末酒吧，田枫就一副温柔死人不偿命的架势在台上唱着这首歌。

当时，苏琪连拿杯子的力气都没有了，整个人像是六月的棉花糖，飘飘忽忽起来。待田枫说完谢谢两字，苏琪就迫不及待地冲到舞台边给他送去一瓶冰镇啤酒，那样措手不及的惊心动魄让田枫记住了这个有着小小酒窝的歌迷。

下台后，田枫踩着优雅的步子走到苏琪身边，两人都不约而同地冲对方说："我现在单身，你呢？"那晚，田枫去了苏琪入住的酒店。苏琪看着身边熟睡的田枫，他长长的睫毛微微翘着，睡得极其安稳，当时苏琪就决定，把这个一夜情延续下去。

田枫带着苏琪吃遍了鼓浪屿的小吃，逛遍大街小巷，在海边十指相扣散步，看着海浪一波波浮起又沉下，然后一起去酒吧听田枫唱歌，再回酒店疯狂地相爱相杀，两人都认真地开心着。每次，看着田枫安静地睡去，苏琪都有一种无法言语的温暖。

田枫喜欢吃蛤蜊丝瓜泡饭，苏琪就陪着他每天去吃。他们相拥着翻遍所有的小店，挨家挨户地吃。有时，田枫唱歌到半夜，苏琪就去给他打包。

一个星期后，苏琪回北京上班的前一天，田枫带着吉他去了大理，他说想一个人安静两天。苏琪大方地为他送行，但这个大方里多少有些许不甘和难舍。

苏琪把自己扔在喧嚣的马路上，看着大街上陌生的行人匆匆而过，一种被遗弃的恐惧侵袭着她。

深夜，她躺在黑暗的陌生城市的床上，枕头上还有他留下的味道，于是她更加懊恼起来，不过是一时冲动的一夜情，怎么会想念那个怀抱。

她失眠了，一个人抱着毯子坐在地板上给李磊打电话。刚听到喂的一声，苏琪就毫不客气地哭了起来。电话那头的男声显然还处在睡梦当中，被她这么一哭，吓得立马清醒过来，急切地问她怎么了？出什么事了？

我失恋了。

什么？你怎么了？那头明显怀疑的口气。

我失恋了，你这什么反应啊！苏琪一下停止悲切，转而愤怒起来。他们算恋爱吗？两个在异乡遇到的人，一周的情谊。苏琪愤怒的不是李磊，是自己。

不是，你到底怎么了？失恋？什么情况？电话中的李磊一头雾水。只能小心翼翼地询问。

李磊是苏琪的大学同学兼死党，李磊曾经委婉地表示过喜欢苏琪这样的女孩，但苏琪始终没有任何反应，于是，他们就这么莫名其妙地成了好朋友。苏琪不是不知道李磊对自己的想法，但苏琪知道，对老实呆板的李磊撑死了能做到好朋友的程度。

大学四年，苏琪成功地把李磊变成了死党，也是唯一一个毕业五年后还频繁联系的朋友。

对此，苏琪是这样说的，男女之间要保持长久友谊的办法只有一个：一个打死不说，一个装傻到底。

苏琪之前交的男友，大多英俊不羁，在李磊看来，这些人除了长得帅、衣着时尚，没有任何靠谱的优点。但苏琪是个顽固的外貌控，这也是这么多年她没有考虑李磊的原因。

毕业后的苏琪在一家情感杂志社工作，专门为被情感问题困扰的读者出谋划策，但自己的感情问题却要向做程序员的李磊请教。所以，现在的苏琪正把这段短暂的情感，一股脑地丢给李磊。

琪琪，其实我觉得你喜欢的这个人不适合结婚，他爱自由，这样的人不可能停留太久。你仔细想想，你需要什么样的人。他不适合你。

这是苏琪最讨厌李磊的一点，一本正经，仿佛任何事情在他那里都像程序代码一样有规有矩。但这个深夜，也只有李磊会在电话里陪她。

几周后，苏琪收到田枫的短信，大理下雪了，十年不遇的大雪，你来陪我看雪吧！于是苏琪又开始满怀期待地收拾行李购票。苏琪在心里想，她一定要在他心里深深写下自己的名字。

田枫依旧穿着他黑色的大毛衣，像头高傲的狮子站在大理古城城门下迎接她，先是一个紧紧的拥抱，然后温柔地伏在她的耳边说，我想你了。苏琪看着脚下厚厚的雪，闻着他身上淡淡的味道，先前的决定就像风一样消失了，连印记都不曾有。

那天的大理，街道两旁挂满了粉红色的冬樱花，风吹过，花瓣开始扬扬洒洒地往下落，在雪上铺出一条粉色的道路，像极了冰激凌的颜色，透彻明亮。

田枫拉着苏琪的手，陪她在人民路上逛地摊，在复兴路上堆雪人，在洋人街喝咖啡。站在城楼上，看着湛蓝的天空、平整简洁的屋顶和白雪交融的古镇，回头刚好迎上田枫满眼的柔情，她想，有这样一天，够了。

高大的田枫从后面环着她的腰，知道吗琪琪，下雪的时候，我只想到你。不愧是田枫，话点到为止，苏琪就这样陷进他的柔情里，像陷进大理的银苍蓝海里一样无法自拔。

苏琪向杂志社里提出异地工作申请，陪着田枫环洱海爬苍山，晚上，田枫在酒吧驻唱，苏琪便打开电脑处理自己的专栏。

大理的生活新奇又平实，苏琪像个贪嘴的孩子，沉溺在糖罐里。在这里逗留的人都有着自己的故事，很快，苏琪开始结识一群志同道合有故事的朋友，田枫也拥有了一帮铁杆歌迷。日子仿佛就该这样过，简单又充实。

苏琪每周都请朋友空运蛤蜊，自己去菜市场买新鲜的丝瓜，又在网上下载了烹饪方法和视频，就为田枫做蛤蜊丝瓜。苏琪看着泡在水里咕嘟咕嘟冒着泡泡的蛤蜊，心里甜丝丝的，越看越觉得它们可爱。

一天晚上，苏琪如往常一样来到酒吧，只见一妹子正拉着田枫的手，一脸崇拜地请他喝酒。苏琪放下挽着的长发，优雅地走过去搭着田枫的肩说，小哥哥，你亲我一下，今晚我跟你回家。田枫便温柔地吻上她的唇。苏琪再回头时，那女孩尴尬地离开了吧台，只留下一脸坏笑的田枫。

很快，樱花就落光了。苏琪看着光秃秃的树干，回头对田枫说，你看，花都落光了，像爱情枯萎了一样。田枫就轻轻抱起她，拽来树干上的残叶给她看，明年，花还是会开的。

你要看花，我会带你去远方看，我们可以像赶爱一样去赶花期。

于是，田枫带着苏琪去了西藏的林芝，那里开着大片大片的桃花。田枫往厚厚的落叶上一躺，闭着眼任阳光洒在身上，苏琪的整颗心就跟着化了。这么美的感动，从没有人给过。

这一路上，苏琪看到了壮阔的河流、高耸的山巅，他们在海拔五千多米的雪山上唱歌，在深不见底的悬崖边拍照，在农家狭小黑暗的房间里借宿，也跟着朝圣者磕长头。那是她第一次以流浪者的身份远行，她既激动也不安。还好，看着田枫幸福地弹着吉他唱歌，她内心也变得坚定起来。

杂志社开年终会的时候，苏琪只带着一个笔记本离开，她把行李和田枫都留在西藏。登机的时候，苏琪已经开始想念他了。

晚上十一点，李磊带着厚厚的外套来接机。

好冷啊！苏琪看着雾霾里冰冷的建筑，回头对正小心开车的李磊说，我想阳光了。

阳光是谁？你的新男友吗？

苏琪微笑着，没有说话。说什么呢？他不懂她的心事。他的世界里只有规规矩矩的程序和按部就班的生活。

开完年会回到家已经凌晨两点了，李磊抱着一个保温盒坐在门口，肩上围着那条苏琪大学时从地摊上给他买的围巾。此时的他，正闭着眼疲倦地睡去。苏琪的心竟莫名地疼了一下，这么忠厚的男人，这些年来唯一对她不离不弃的男人，但她始终没能爱上他。

你回来啦！怕你年会上吃不好，给你煲了鸡汤，这鸡是我托人从乡下带来的，你趁热喝，我先走了。李磊起身递过保温盒，正准备转身下楼。

进屋坐一会吧！咱们聊聊天。苏琪拉着李磊进了屋，李磊坐在沙发上，似乎感觉到接下来的话题会比较严肃，整个人都显得急促不安。

李磊，我要离开北京了，我这次回来是办离职的，我要回西藏去，那里有我爱的一切。

哦！那什么，你喝汤，待会儿冷了就不好喝了。我还有事，先走了。李磊不由分说地起身小跑了出去，留下苏琪愣在原地。

苏琪知道，这话说出来会伤了这个男人的心，这么多年的等待陪伴会让她以后的生活充满内疚，但只要能和田枫在一起，她愿意忍受这样的煎熬。现在说了，也是为了阻止李磊的继续。

这是多么残忍的话语，如同刀子一样彻底斩断了这条维系多年的纽带，话起刀落，干净利索，没有血花四溅，但这种灰飞烟灭的结局还是让两个人都体无完肤。

接下来的一个星期，李磊没有打来电话。苏琪离开的那天，天空一直飘着小雨，整个城市和她与李磊多年的友谊都被巨大的雾霾吞噬。

她上飞机前给他发短信，简简单单十个字：我已离开，请你释怀，愿好。多年的友谊以十个字终结，这其中的愧疚足以让她备受煎熬。

回到大西藏，他们租住的屋子里一片狼藉，田枫带走了自己所有的行李，衣柜里只有几条苏琪的裙子和外套。他走得悄无声息，像第一次离开时一样。苏琪扔下行李，这是报应吗？这么快。

晚上，苏琪来到田枫驻唱的酒吧，老板看她的眼神让她恨不能立刻化作泡沫，融进面前的啤酒里。

田枫让我跟你说，他想一个人静一静，他没说去哪。你先坐，我要去招呼别的客人。

苏琪觉得自己可笑极了，像个为了漂亮气球跑丢鞋子的孩童。她真想现在来场地震或世界大战，让眼前的酒吧和人们统统消失，包括自己。要不来个醉酒的疯子，拿把刀捅死她，只剩下田枫巨大的悲伤和懊悔。

但这一切，只是想象。

苏琪收拾行李，退了房，住进一家狭小的客栈。这么大的世界，她突然没有了方向。没有工作，没有爱情，没有好友，她像个孤鬼游荡在古城的街头巷尾。

一个月后，李磊在乱哄哄的酒吧里找到醉酒的苏琪，那时的苏琪正被一个满脸胡渣的中年男人拉着灌酒。

第二天醒来，苏琪看见身着白色衬衣的李磊。阳光透过他的衬衣洒在屋里，暖暖的。他手里端着一碗热气腾腾的粥，眼里是满满的心疼。苏琪没有说话，扑进他怀里哭得惊天动地。李磊也没有说话，只是紧紧地抱着她。

半年后，苏琪收到一条短信：亲爱的，我回西藏了，这里的桃花都开了，我想你。苏琪看着这条短信，像是看着前世一样陌生。

她微笑着按下删除键，转身对正在厨房做饭的李磊说："老公，我想吃苹果了。"

那年，她在杂志上写下这样一段话。

一个女人，可以肆无忌惮地去爱一个人，但一定要确定，那个男人值得你爱。值得你流泪的男人一定不舍得你哭泣。所以，女孩们，请看仔细，华丽的外表、温柔的情歌不能让你在深夜感到温暖，只有在冬夜愿意为你暖脚，在清晨愿意为你熬粥，在你绝望落魄时一直紧紧拥抱你的男人才是真正的归宿。

深夜茶泡饭

手里的刺，在不知不觉中消失了，

不痛不痒，好像从来没有存在过。

有些伤，只要不去在意，

它会自然痊愈，像从来没有伤过一样。

夜色正浓，一切都已经尘埃落定的样子。喜宝看着映在窗上的自己，渺小却倔强，眼里满是坚定。

整个城市都已经睡去，只剩下空虚的路灯，茫然地映红半空。喜宝点燃烟，烟火在窗上若隐若现。

她的编辑发来一篇喜宝写的小说，说结局不完美，让她修改。小说关于爱情，开始得很是浪漫，中间难免几经曲折。

爱情是个终身话题，喜宝相信当人们七老八十的时候仍然会津津乐道地谈论它。

喜宝习惯在凌晨两点，给自己做一碗茶泡饭，这时候的胃如同记忆一样脆弱，稍不留意，它就开始肆意折磨她。

喜宝大学毕业后到日本留学，疯狂地迷上了她才华横溢的导师，还没拿到证书就嫁给他，留在日本做了一名家庭主妇。守着规矩过了八年平淡的日子，每天买菜做饭，全身心投进爱情的坟墓里，照顾着不能生育还大男子主义的丈夫。

喜宝从来没有工作过，没出学校校门就直接踏进婚姻生活，毫无生活经验的她在婚姻生活里碰尽钉子。她年轻时的梦想和独立在八年的婚姻生活里被磨得七零八落，变成一个唯唯诺诺的受气包。

在他又一次冒犯她尊严的时候，她终于像辞职一样辞去了日本太太的身份。回国后的她除了会做一桌地道的日本菜，什么都没学会。

她开始在网上写小说，一些在日本生活的点点滴滴，也写一些日本旅游攻略和简单的日式料理，慢慢地竟也有了不少粉丝。和几个文学网站签下合约后，她开始熬夜写，失眠成了她的家常便饭。

喜宝的茶泡饭，简单粗暴，一碗白米饭，煮一壶加了枸杞的红茶，海苔丝和柴鱼花铺在米饭上，有时也会加上牛肉丝、撒点芝麻，把煮好的茶水浇在饭上，倒入酱油。

这样的茶泡饭喜宝吃了很多年，它陪她熬过很多赶稿的深夜。淡黄色的汤汁在灯光下发出诱人的光，让她的胃和思绪得到极大满足。

放下碗筷，点根烟，然后安静地坐在地板上听播放机里重复播放着《喜马拉雅》的原声音乐专辑。安静祥和的旋律，适合晚上一个人静静聆听。

喜宝看着窗台上一副不可一世姿态的植物，想着它们熬过了一整个冬季，依然保持绿意盎然，当然有资格摆出这副傲人姿态。

值得一提的是那株仙人掌，原本是她和日本前夫偶然出游，在山上一片荒芜的杂草丛中发现的。近一人高的粗犷植物，布满尖刺，一脸生人勿近的表情，上面却开出几朵娇艳的黄色小花。喜宝被它煞人的体格和娇艳花朵吸引，心想，这样一个不懂优雅的庞然大物竟能开出如此娇小可人的花朵，也算它的能耐。

于是，喜宝跨过满地荆棘，闯过凌乱杂草，从最上面轻轻摘下一片刚发芽的叶茎。它果真敌意甚浓，许多肉眼无法看清的金黄小茸刺扎进她的手指，即便小心翼翼也无法让它们从皮肤里分离出来，以至于以后的一周时间，这些顽固的小刺都折磨得她奇痒难忍。想那仙人掌也算是报了夺子之痛，现在该仰天狂笑了吧!

摘下的花茎，用纸巾谨慎包裹好带回家，只是不知，已习惯生活在无拘无束野外的仙人掌能不能在喧闹混乱的城市生活下去。

回家后喜宝忙于家务，直接进入了遗忘模式。她前夫将它细心地移栽至盆中。它倒也不介意，慢慢地长出新芽，而且逐渐茁壮起来，一年后竟然有模有样地开出花来，娇艳异常。

喜宝离婚后，什么都没带走，只带了这盆仙人掌回国。仙人掌越来越茁壮，只是种它的人已经不在身边。想来可笑，一段感情和记忆，竟然没有一株野花的寿命长久。

她一直不明白，人的感情到底源自何处，在一些特定的时间和环境中我们会相互鼓励帮助，彼此毫无保留，比如在户外，我们并不熟悉，甚至不知道对方的名字，但当有困难时，我们会伸出援手，哪怕付出生命的代价。但回到都市，每个人又缩回到自己特定的面具中，活进自己狭小的空间里，即便偶遇，也再无真情实意的笑。

再比如爱情，两个毫不相干的陌生人从相识、相知、相爱再到分开，最后成为陌路，甚至老死不相往来。那为何当初要费尽心思地追求、迁就和试探？分开后我们都认为是对方伤了自己，你甚至都搞不清楚你是爱上对方还是爱上爱着对方的感觉。

那相爱呢？你确定你爱上的是这个真真实实的人还是自己想象后的对方？你又怎么确定你的好感或者说是爱能保持多久？你究竟能爱对方多长时间？当他身上不再有能打动你、吸引你的触点，你还能一如既往地爱他吗？当发现你爱上的人和你刚认识时不一样了，你是选择就此放手，重新寻找，还是委屈自己继续下去？

喜宝想起在日本认识的一对恋人，他们相恋了七年，彼此亲密得如同一个人，每次聚会都让她羡慕不已。终得机会，问其秘诀。答：包容，知足。她再细问，原来该男友在女友住院期间，曾和他中学时的初恋有一月的叙旧情缘。当时初恋出差来到他在的城市，两人在商场偶遇，相约吃饭，一顿饭吃出夙愿未了的情怀，四只眼睛射出火花，于是在初恋出差的这一个月，他带她玩遍景点公园，吃遍街巷特色，最后恋恋不舍送上飞机。

过后，女友得知此事，把自己关在卫生间里两天，出来后并未大发雷霆，反而温柔劝说，若他们真心，自己可以退出。男友电话告知初恋，得到的答复是："我已结婚。"男友这才恍然，真爱难寻。从此对女友死心塌地，再无半点是非。

得知这场桃色事件详情，喜宝大为感慨。相交多年，时有聚会却从不曾听她提过此事，问她是否会觉得委屈，她回答当时确实有天塌下来的感觉，整个人大脑一片空白，完全不会思考，只想从此消失，于是她把自己关在卫生间里两天。

这两天，她慢慢明白了爱情不分先来后到，不用排队等候，若他们是真爱，就算杀了谁都不能减轻她的痛苦。但她实在不甘心自己付出了生命中最好的七年时光，换来男友背叛。

她甚至试着用刀片结束自己的生命，但当看到血涌出的那一瞬间，她突然明白了，她还有很多未完成的心愿。她还没结婚，没生过孩子，没好好孝敬过爸妈。为了一个别人的错误惩罚自己，多没道理。她那时才明白，再美的爱情也代替不了生活的全部。

于是她洗脸梳妆，美美地站在他面前告诉他，她可以退出。她说这就是爱情，生活需要妥协，如果当时大闹，此时可能要么沦为路人，要么阴阳相隔。

日子在走，喜宝手里的刺，早在不知不觉中消失了，不痛不痒，好像从来没有存在过。

有些伤，不去在意，它会自然痊愈。

喜宝在写这些的时候，仙人掌一直在看着她。她走过去，用手指轻轻触碰它的尖刺，“你看你，长这么丑，你懂感情吗？”也许它不懂，不然当它和它的家人、朋友分开时，为什么没有任何伤心的痕迹？它被栽在这个画着蝴蝶的白色陶瓷花盆里都没有显露任何的不适和难过。

它也许正在渴望离开它们，去一个陌生却充满无限可能的地方生活。而她，只是在不经意间满足了它的愿望。

又或许，它是难过的，也许它也在花盆里固执地不肯吸收水分和阳光，想以生命终结来缅怀它对家人朋友的思念，却最终明白了没人能代替和改变它的生命轨迹，活着才是对家人朋友的怀念。也不可能有谁一辈子在身边，生命中很多的美好和失望都是要一个人经历的，于是摒弃一切，接受她微乎其乎的给予，开始通透起来。

所有的童话故事都是以“他们从此过上幸福的生活”来结尾的，温馨浪漫，让人无限向往，现实中也确实存在。

那个日本朋友发来邮件，附带着他们的结婚照，两人相拥着笑得甜蜜幸福。但在这之前需要经历多少的艰辛险阻？有多少人能真正咬牙坚持？有些人可能半途意识到不值当放弃了，有些人可能敌不过现实的残酷也放弃了。

但只要相信，爱情还是存在的。

喜宝修改好文章，发到编辑邮箱，她满足了他们想要的甜蜜结尾。没过几分钟，就收到编剧的回复，修改得很好，早点休息，饿了就给自己削个水果或做点吃的。编辑附带了一张照片，一碗金黄色的茶泡饭。

喜宝看看时间，已经凌晨五点。原来，她在修改的时候，不是一个人。

清晨叫醒味蕾的那碗粥

一个说尽情话，

会在情人节送美丽玫瑰的人确实让人喜欢，

但真正爱你的人永远是那些知道你的需要，

在生活的点点滴滴中照顾你的人。

芯米是福建女子，四十出头的她身材保持得很好，远看绝对二十五六岁的少女样。她零六年离婚后跟着朋友开始玩户外，走了一趟青藏线后，她彻底爱上旅行，之后一发不可收拾，干脆辞职做起了导游。

她这一走就是十年。她带过很多团，也去了很多地方，她不把自己放在任何公司下,成立了只有她一个人的工作室,她走到哪，她的工作室就在哪。

十年的旅途让她拥有了一个七百多万粉丝的博客，每天发些照片和只言片语。她从未想过自己会停留，世界那么大，她想在有限的生命里都去看看。

她也曾经是个不再相信爱情，不再想着要恋爱的人，直到在大理邂逅了他，两人一拍即合，迅速在洱海边开了一个小小的休息站，把家和下半生安定在大理。

朋友要去美国，但每次签证都被拒，她实在没辙，经朋友介绍我联系上芯米求助。第一次见她那天，她穿白色衬衣，配着蓝白色牛仔裤，衣角在腰带的地方打了个结，短发，不化妆，一个很干净清爽的女子。大概是心态的原因，岁月在她脸上并没有留下太多痕迹。

她到指定地方接我们，然后带着我们穿梭在田间，最后绕回洱海边。她说她不是故意带我们绕路，只想让我们看看田间的风景有多美。

她的休息站很小，简单的两层小楼，刷成淡淡的蓝色，可以看见田野和远处的洱海。一楼一个长吧台和两张桌椅，天气晴好的时候，她还会在户外放上几个椅子。二楼自住。

他们的小店为骑行洱海的朋友提供免费充电，也卖一些简单的速食，如三明治、炸薯条和啤酒汽水。装修风格干净简洁，吧台是一排红色小砖堆砌而成，上面一块旧门板。她的两张桌子也是两块有点破裂的门板，搭在一个铁架上，简单也有特色。

她说她的小店除了厨具和食材，几乎没有新的东西。插花和种花的陶罐是别人烧坏扔弃的，吊灯和台灯是坏掉的车轮和链条做成的，烟灰缸是拆房时留下的瓦片。这些东西经过她的打理，变得独特新奇。

芯米来大理纯属工作，她在网上接了一单活，带一队法国老年团到大理。工作结束了，她却留在了大理。

和留居在大理的人们一样，芯米喜欢大理的气候和风景。她说她来的时候，大理环海路边的格桑花和蔷薇花正开得热烈，五彩缤纷的花朵在风中摇曳，映在淡蓝色的洱海上，让人心怡。她租了一辆牧马人，一个人环海，宽阔的路向前延伸，她想一路开下去。她也爬上苍山，去看山顶的日出。呼吸着凌厉的空气，看着远处的村庄和洱海，她突然有想留在这里生活的念头。

芯米有一个痛苦的童年，虽然生意很成功的父亲在经济上从没亏待过她，让她从小衣食无忧，但父母糟糕的婚姻生活还是让她的童年痛苦不堪。

父母的婚姻是两家联姻的惨剧，他们性格不同，爱好不同。结婚后虽也甜蜜了一段时间，但父亲的生意越做越大后，两人却经常因为琐事争吵，甚至大打出手。就算过年当天也不例外，所有孩子都喜欢的寒暑假也是她恐惧的噩梦。在她的记忆中，每次回家最终都是哭着离开。

整个学生时代，芯米都没有感受到亲情的温暖，只有一张张冰冷的钞票和一次次被子里的哭泣。母亲整日沉浸在麻将桌上，而父亲永远在酒桌上。她打电话回家，时常无人接听。有时接上父母电话，他们的第一句话永远是没钱用吗？

高中以后，她申请留学。她在英国四年多，父母一次都没去看过她。刚出国的她语言跟不上。学习差异太大，让她一度自卑内向。她梦到过去世的爷爷奶奶，梦到过曾经的同学朋友，就是没有梦到过她的父母。

国外回来后，她进入外企，开始每日加班拼命工作。只要能让自己远离那个硝烟弥漫的家，她愿意和别人挤在小小的合租屋里。

从小家庭温暖的缺失，让她很渴望拥有一个自己的家，一个可以让自己温暖的人。

在一次朋友的聚会上，她认识了她的前夫。他的父亲去世得早，母亲常年病痛，家里条件很艰苦。但他对她很好，每天接她下班，情人节送来玫瑰，并在她生日的那天送给她求婚的惊喜，让她感受到从未有过的被需要和温暖。

她回家向父母借钱，给他开了个饭店，又买了房子。两人认识四个月就闪电般登记结婚，她辞职和他一起打理生意，渐渐走上正轨。

她把所有精力都放在饭店和家里，孩子慢慢长大，饭店的分店越开越多，她要操心的事情也越来越多，但老公却越来越闲。渐渐地，小有成就的他开始膨胀，开始呼朋唤友喝酒，直到夜不归宿，甚至迷上奢侈品。她苦口婆心劝他，但从小贫困的男人有钱后的虚荣心又怎么能是几句话劝得住的。

他负责花钱，她负责还信用卡，他们过着互换身份的生活。五年后，她终于疲倦了，提出离婚。芯米现在回忆起来，说那时太天真，什么都不懂，太相信一个人，把饭店和房子在婚前就办在他名下，法院把孩子也判给了比较有经济实力的他。离婚后，她得了抑郁症，终日把自己锁在屋子里，两年的时间，她瘦了近四十斤。

好朋友看不下去，带她去旅行，沙漠、草原、青藏高原。芯米站在天高地阔的优美风景里，才意识到世界那么大，而自己的悲伤显得那么渺小。她起死回生从此爱上旅行，旅行拯救了她，也改变了她。

这样的行走她一走就是十年，好像只有不停的行走才能让她感觉到自己活着。在美丽的风景里，在陌生的人群中，她变得开朗大方。

半年前，她认识了现在的男友，一个很会做饭却不会说情话的胖子。

结束大理导游的工作后，她决定去一趟香格里拉。六个多小时的颠簸路程，她安静地坐在最后一排跟着大巴摇摇晃晃。窗外景色迷人，迭起的山峦像波浪般一层层荡起又落下。

中途，上来一个本地大叔，扛着一捆烟叶。大叔二话没说坐到她身边，开始肆无忌惮地抽旱烟。她尴尬地坐在旁边，被大叔吐出的烟味熏得欲哭无泪。前排的他看出她的窘迫，邀请她坐到身边空位上。

漫长的路程让她昏昏欲睡，他怕她的头撞到前面的椅背上，小心翼翼地用手挡在她面前，她迷糊中醒来，他的手就悄悄缩了回去，这个小小的动作让她对他留下好感。

香格里拉寒冷的气候和热辣的牛羊肉让她的胃病复发，每日捂着肚子躺在床上。同住一个客栈的他为她熬粥、煮姜汤，连同自己的保温瓶一起送给她。

经历了十年的旅途和五年的婚姻生活后，她看人的角度改变了，她渐渐喜欢上成熟稳重的他，他的细心体贴让她感到踏实安全。他不会说情话，送玫瑰花，但他会在厨房守着火炉熬粥煮姜汤。

他也经历过婚姻，那位娇气爱使小性子的妻子让他筋疲力尽，他随时随地地都要接受妻子莫名的发火翻脸。他像个全职保姆一样小心翼翼地护着她，也像个父亲一样背负着她的生活消费。

有些婚姻，不是有爱就可以维持的。相爱容易相处难，但面对细微烦琐的柴米油盐，如果没有互相理解包容，再多的爱都会被磨光。但只有经历过失败，他们才知道自己适合什么样的人，适合什么样的生活。

如今的他们，在洱海边开了个小小的休息站，每天招待客人，采野菜、做饭、酿酒。她说有时一下午，两个人坐在院子里看看书都觉得很充实美好，真正静下心才能体会到生活的美。

他每日清晨给她熬粥，大枣、枸杞、银耳、花生，软糯的粥温暖了她常年饮食不规律的胃，那碗小小的粥也成了她早起的动力。看着厨房里认真洗菜的他，她会扫地拖地，洗衣晾被。

两人一起打理小店，一起种菜做饭，没有争吵没有怨怼，只有体谅和感激。再看看大理悠远的蓝天白云，一种历经沧桑后的幸福感让她眩晕。她说，这才是生活该有的样子。

一个说尽情话，会在情人节送美丽玫瑰的人确实让人喜欢，但真正爱你的人永远是那些知道你的需要，在生活点点滴滴中照顾你的人。

玫瑰花很美，但总会凋谢；保温瓶不华丽，却能随身携带。

素斋芋头饭的救赎

有些事发生了，我们会无法接受，

就像肩上的担子，你认为那是你必须要背负的，

可是突然有一天，

一个人告诉你不必一直承担着，她帮你取下担子，

你会不适应，但你会前所未有的轻松。

大理是佛香古国，白族人有着宽厚的包容。有人说这里是国际化古城，它包容着佛教、道教、伊斯兰教、基督教，大家都在这个风景宜人的滇南小城，怀揣着各自的信仰互相尊重、和平共处。

鸡足山是中国十大著名佛教名山之一，是迦叶菩萨的道场。在山上有很多可以供香客吃素斋的寺庙和庵，每到周末，很多人会驱车前往，爬山到金鼎祈福和吃素斋。一来爬山可以锻炼身体，呼吸新鲜空气；二来，这里的素斋远近闻名。

因朋友的邀请，我参与了一个庵的新建大殿的开光仪式筹备，做了一名寺庙义工。筹备工作进行了一个多月，我也有幸能在里面和寺庙的师父们同吃同住一个多月。每天凌晨四点半，天还没亮，就跟着师父开始做早课。窗外是叽叽喳喳的鸟叫声，整个山谷弥漫着唱经声，优美动听，传到心底让人平静异常。

在鸡足山上，是我度过的内心最平静的一个月。每天跟着师父早睡早起，尽自己能力工作，闲暇之余在佛音中刊本佛经。没有失眠，没有焦虑愤怒。

在那段时间，我认识了同在这里一边做义工一边修养的净声，她的真名始终没说，净声是她在寺庙内的称呼。

净声很清瘦，白皙的脸，小巧的五官，她不爱说话不爱笑，总是一个人安安静静地做事或打坐。

她在庵里负责打理花草，她穿素色道袍，每日在花草间施肥浇水，太阳出来后，在阳光下做一次瑜伽。她的身材轻盈纤细，有时我会帮她提水，也会帮她修剪树木。

一个多月的相处，我渐渐得知了她的前尘往事。她原是国内知名的配音演员，声音被很多人熟识，但她为人低调，不愿抛头露面、争名夺利。

她工作稳定，还有个爱她的丈夫和可爱的五岁女儿，原本幸福的家庭却在雾霾中被一场突如其来的车祸夺走，丈夫当场身亡，他用身体救下女儿。眼见父亲死在自己面前，女儿受惊变成只会点头摇头的智力问题儿童。

她陪着女儿治疗了半年多，女儿却在她接电话的空隙把手塞进插座，从此，她幸福的家再也没有了。她抱着女儿的尸体哭了一夜，之后再也发不出声音。

失去声音的她开始出现幻听，精神恍惚，经常一个人发呆。她整夜整夜不睡觉，蹲在地板上一根一根数头发。之后她开始酗酒，每天把自己灌晕，昏昏沉沉睡去。

她经常梦到丈夫浑身是血地牵着女儿走在高速上，她叫他们，他们回头看看她，并不停下继续走，她奋力去追，却始终追不上。这样的梦一直没有停过，她尖叫，浑身湿透，却还是追赶不上慢悠悠走在前面的他们。她崩溃了，就算把自己灌晕，她还是在梦里哭得撕心裂肺。那个时候，活着对她就是折磨，她无法从失去丈夫和女儿的事实中走出来，甚至连倾诉的权利都没有了。

她想他们，每次看到女儿照片她都恨不能抽死自己。对女儿的死，她恨自己，也没办法原谅自己。她在酒里放进安定片，就在昏昏沉沉的时候，却被赶来的母亲送进医院。

净声年迈的母亲带她看心理医生，送她去精神康复中心。医生强制让她戒酒，把她捆在床上。她发不出声音，只能绝望地流泪。

经过三年的心理、物理治疗，她开始慢慢走出亲人意外离世的阴影，但她依然发不出任何声音。她失去声音，也连同失去了味蕾。她吃的东西越来越少，母亲变着法给她做饭，她却完全没有食欲。戒酒后，她每日在房间里走来走去，焦躁不安，却无法宣泄。

医生建议她外出散心，于是母亲陪她来到鸡足山。当她大汗淋漓地爬到金顶，看到脚下绵延起伏的群山，镶着金边的云层时，才发现外面的世界可以那么美好。听到金钟敲响，她能感觉到自己心中那份愤恨在慢慢变少。

站在华首门，看着这个巨大的长满苔藓的石门，她的心突然一下子平静了下来。她跪在地上，虔诚祈祷，为他们也为她自己。她听到自己内心的声音，她不想这样愤恨地过下去，她想要躺在阳光下，让自己放松，面带微笑地感受花草山河的美，这是她第一次听到自己内心的需求。

净声在原路返回的途中，看到一个正在路边休息的师父，她背着一个大大的布包，里面装满经书。师父盘腿坐在石头上，闭着双眼，神情淡定从容，夕阳照在她脸上，这个画面成了净声心里最美的一幅画。

她莫名上前，蹲在石头下面，仰望着那位师父。师父突然开口了：世间一切，缘聚缘散，不必强求，放下，方得自在。净声突然忍不住流下眼泪。师父睁开眼，用手轻轻抚摸她的头。净声哭了很久，她突然有想倾诉的欲望。但开口，依旧无声。

师父邀净声到庵里暂住一夜，第二日再下山，净声就跟着去了。庵不大，进门是大殿，两边一排有些破旧的殿，里面供奉着药王菩萨，中间两个大香炉冒着淡淡的烟。前院有两颗很大的菩提树，小楼前面的花坛里种满蔷薇、蝴蝶兰、百合等花，这些花都被很好地呵护着。

从大殿左手边一个角门进入，是寺庙后院，后院是一个更为破旧的三排小房，这里是师父们住宿的地方。净声和母亲被安排在进门右手边小屋，两张简易但干净的小床，一张书桌，两把椅子。右边的五间房子是为了招待晚归的信徒，或偶尔到这里小住修养的修行人。

晚上，师父们为她唱经祈福，虽然她什么都没法说出，但师父好像已经看穿她的往事，为她死去的亲人祈祷，为她和母亲赐福。净声跪在大殿里，师父围着她为她唱经。每走一遍，她心里对自己的愤恨就少一点，对离去的丈夫和女儿的思念也渐渐淡了。

有些事发生了，我们会无法接受，就像肩上的担子，你认为那是你必须要背负的，可是突然有一天，一个人告诉你不必一直承担着，她帮你取下担子，你会不适应，但你会前所未有的轻松。

祈祷结束，压在净身心里三四年的担子终于取走了。她起身看着头顶的佛像，感觉自己整个人都轻盈起来。她没有流泪，没有不安，没有愤怒，只有平静。

庵里是过午不食的，但师父怕她们不习惯，为她们送来两碗芋头饭，上面铺着几棵小青菜。寺庙自家种的小青菜有清甜的香味，米饭是用柴火煮的，芋头被煮得软糯浓香。那碗简单的芋头饭让她死而复生，她已经被酒精糟蹋得千疮百孔的味蕾一下子苏醒过来。

吃完后，她突然开口说好吃，话出口的时候，她和母亲都惊呆了，她母亲抱着她长舒一口气。真好，总算熬过来了，以后就好了。

那夜，净声在没有酒精的帮助下睡着了，睡得安稳踏实，没有失眠，没有噩梦。

之后，净声就决定留在庵里帮忙，她带母亲回家，处理工作交接。虽然已经能发声，但她不愿意再当配音演员，她只想在山上种花种草、看书唱经。

她告别母亲，以最快的速度回到鸡足山，回到庵里。此后，她开始每天早起早睡，看经文、种花浇水，仿佛这才是她该有的生活。

她在经书里看到智慧，看到希望，看到生活本真，人的本真。经书的每一字每一句都让她受益匪浅，它教她如何放下执念，如何放下仇恨，如何放下自己。她一天天变得通透起来。

有时，她会爬山，去看每一棵树每一朵花。路边一棵小草，她能看上一天，不会烦躁，不会厌弃。她也会到山下买日用品，面带微笑，待人亲切。

庵里的大殿在一次雨后开始漏雨，她找以前的朋友、同事帮忙，筹集资金重修大殿。大殿重修后，净声正式皈依，成了佛门师父，她依旧不爱说话，但却经常面带微笑。

咖啡配泡面的日子

与其说，

高考改变了我们的命运，

不如说，高考教会了我们成长。

经历了高考，我们才算迈出了人生第一步。

近日，表妹要高考了，我们的微信家人群、朋友圈都被各种高考信息刷屏，满满的都是祝福高考学子考试顺利、金榜题名，还有呼吁为考生让车道等各种行动，甚至还有某某某考生掉准考证等信息。

在中国，高考是全民大事，挨边的不挨边的都出来说话了。学校、家长、亲戚都如临大敌，紧张到草木皆兵。

表妹每天被迫吃下很多补品，汤粥、水果，像坐月子一样大门不出二门不迈被呵护着。她悄悄发短信叫我救命，我回她好好享受，以后再没有这样称霸的日子。

那段时间，我们表兄妹都被禁止去她家，甚至只要出现在她家范围一公里内都要被驱逐。她家成了禁地，大家都知道她家有人要高考，都不由自主放轻脚步细微说话或远远躲开。

回忆起我的高考，已经是蛮遥远的事情。那时候每节课每个老师都在说："高考决定了你们一生的命运，熬过了这段时间，考上大学你们的前途就一片光明。大学里可以放肆睡觉、吃喝甚至谈恋爱。"那时候，我们也坚信，千军万马挤独木桥，过去了，你的一生就有了着落。后来才发现，这是一句比房地产商说房子绝对没问题还大的谎话。

夏日炎热，我们在教室里汗流浃背，一直把头埋在书堆里，没时间洗脸，没时间吃饭。整个世界安静得像被隔绝，除了悉悉索索的写字声，甚至可以听见自己的心跳。若此时有人大声说话或大笑，他就成为全民公敌，会被愤怒的目光当场击毙。

那时学校离家远，我们都住校。睡不着的夜晚，有人打着手电在帐子里做习题。好不容易睡着了，梦里也在背单词、计算方程式。条件稍好的会在学校周边租个民居，父母像陪同领导一样跑前跑后，任由差遣、悉心照顾。

我的高三，宿舍里永远充满着泡面和咖啡的味道，那种现在想起来都忍不住令人作呕的味道。咖啡和泡面几乎是每个高考寄宿生的必备食品。打着手电喝着咖啡熬到深夜一两点，甚至凌晨，然后泡面就华丽丽地登场了，泡椒牛肉、老坛酸菜、麻辣牛肉。那边吃完，这边就该泡上了，即便你不想参与其中，闻到这个味道你绝对也睡不着。整个宿舍，整幢宿舍楼都充斥着咖啡夹杂泡面的味道。

我们学校很神奇，一楼高一，二楼高二，三楼高三。在三楼的走道入口竖着一块"复习圣地，请勿打扰"的牌子。每个走过这块牌子的人，脚步自然而然地放轻。走进教室，看着黑板上距高考还剩XX天，连头发尖都紧张了起来。

我们班成绩最好的男生叫高勇，和典型的学霸一模一样，戴个眼镜，个子不高，不爱体育，每天只知道低着头背书，每次摸底考他都是毫无意外的第一名，他被纳入老师的高考名额指标之一。

高勇的父母都是小学老师，他的将来、高考志愿都由父母安排。他可以不管不问，只要努力把试卷上的分数提高就好。高考前天，他突然腹泻，医生给出的诊断是因紧张引起的肠胃炎。高考那天，他开始发抖，脸色惨白，出了考场就呕吐不止。

高勇在诚惶诚恐中过了两个月，最终还是落榜，老师和父母都很失望。听说第二年复读后终于考上一本，大学毕业后回到县城做了中学老师，开始了日复一日的工作生活。高考后，我再没见过他。在我的记忆中，他还是那个趴在考场外呕吐、脸色苍白的男孩。

张洪亮是我们的体育委员，就是那个会在大家安静复习的时候大声说话的人。他会在课堂上打盹、看武侠，下课在球场上跳跃飞扬。他的目标很坚定，他只要高中毕业证，然后当兵，做一名战士。所以对于高考，他抱着得过且过的态度。他成了我们的公敌，没人愿意和他一起浪费时间。

高考时睡过头落考一科的他也如愿地成为一名兵哥哥，背着行李去了成都，他是唯一一个高考落榜还举杯庆祝的人。我至今记得他高考结束后把教科书都撕碎高高抛起时兴奋的样子，像是终于结束了一场艰难的等待。

后来，听同学说张洪亮退伍后回县城开了酒楼，一楼餐饮，二楼 KTV，三楼四楼住宿，成了县城唯一一家接办大型婚宴等活动的场所。张洪亮也成了县城小有名气的小康人物，也渐渐有人开始邀请他参加一些商业投资会议。他每次都会开玩笑说他只是高中毕业，没什么文化。他笑的时候，台下会有人附和着笑笑。

高考过后，我离开县城到省城上大学。我很庆幸，有一对把我散养的父母。无论我做怎样的决定他们都支持，我的高考志愿他们从不干涉。我的高三生涯，父母除了增加了生活费，叫我尽力就好，他们没有给过我任何压力。

表妹逃跑了，舅舅舅妈急疯了，发动全家人满城找。高考对于她来说，太沉重。决定一生的转折点，父母亲戚的期许，这些无形的压力她背负不了。在晚上十一点多，表妹突然出现在我家门口，哭得稀里哗啦。

表妹生在富裕的家庭，舅舅在她出生的时候已经小有名气，对她的期许付出都很多。表妹从小衣食无忧，背最好的背包，骑最好的脚踏车，喝最贵的牛奶，上最贵的补习班。为了让她更好地高考，舅舅还在她的重点中学旁边买了房子。

表妹哭了很久，不愿回家。她问我高考真的那么重要吗？当着舅舅的面，我只能点点头。舅舅拉着父亲的手，近乎哭诉。从小不缺衣少食，要什么给什么，怎么养大了却一点儿都不懂事。

表妹后来硬着头皮上，考进舅舅期望的一本大学。放榜那天，舅舅和表妹都深呼一口气。舅舅大摆宴席为表妹祝贺，举着酒杯大肆赞扬表妹聪明，笑得满脸通红。我想，终于是过了这关，表妹若是落榜，不知道舅舅该是什么样子。表妹很疑惑，这是她的人生还是她父亲的人生？我没有办法回答她。

这么多年过去了，高考每年都在继续，有时在同学群里聊起过去的事，大家都无限感慨，纷纷表示决定命运的从来不是高考。聊到现在生活中遇到的难题，我们都会心一笑。高考都挺过来了，还有什么好怕的。

与其说，高考改变了我们的命运，不如说，高考教会了我们成长。经历了高考，我们才算迈出了人生第一步。

四处飞翔的奶油蘑菇汤

世界很大，如今的小曼只想和皮特飞遍世界，

哪怕四处流浪。

回想起以前按部就班的工作生活，

她说已经遥远得像是前世。

是的，世界那么大，未必只有一种活法。

儿时，看着电视剧里飞檐走壁的大侠们，一身白纱，上天入地，好不羡慕。过家家时常把床单披在身上，腰间插把玩具刀，也学着大侠们飞檐走壁、舞刀弄棍。每个人都有一个飞天梦，如小鸟一样在天空中自由飞翔。

在朋友的邀约下，我实现了我的飞天梦。那天，百无聊赖的几个朋友在一起感叹，天气这么好，不出门走走岂不是辜负了好时光。我们正叽叽喳喳讨论去那里玩，开始在大理玩滑翔伞的朋友冒出一句："不如去飞滑翔伞。"

我们一拍即合，在朋友的带领下，浩浩荡荡向着洱源牛街的海西海出发。因为我们都是第一次飞，朋友特意叫了他的两个飞行教练皮特和约翰带我们飞双人伞。

一路上，我们谈论着来大理的初衷，谈论大理的美景，一个多小时的车程很快过去，而波兰和捷克来的飞行员说得最多的三个字是："听不懂。"当我们谈到胸和胸怀的问题时，他们却大笑，然后无辜地看着我们说听不懂，真是狡猾的男人。

中午到达营地，一个几千平方米的大草地和一个高原湖泊。阳光照在湖面上，映出蔚蓝的天空、洁白的云朵。我们在草地上、湖泊边搭上大帐篷，支起桌椅，铺上地垫，烧上水，泡好茶，放上音乐，这美好的一天就此开始。

在天气晴好的下午，风景优美的山野里，大家看着远处湖中正在撒网的渔民和湖边吃草的水牛和羊。牛羊们有的在慢悠悠散步吃草，有的已经吃饱趴在地上晒太阳。朋友看看牛群说牛都比我们幸福，我们就从地上拔了草喂他。

我们笑着闹着，听着音乐喝着茶，我想象不出该用什么词来形容此时的美好，只能闭上眼睛，醉倒在这片草地上。

滑翔伞需要从山顶起飞，稍作休息，我们开车沿着一条崎岖山道往山上爬。满地石子，坑坑洼洼的山路，车身摇摇晃晃，我一脸享受说像按摩一样爽，刚说完头就撞到车窗上，引得两个外国人哈哈大笑。

到达山顶，教练把伞铺开，朋友特意提醒，若想吐一定要冲下，若张嘴就吐，你们身后的教练就惨了，全吹他们脸上。想想这个场景，再看看两个教练英俊的脸，我还蛮想试一试。

带我飞的教练是皮特，一个温和幽默的捷克男人，长发编个辫子垂在身后，大眼睛，高鼻梁，身材挺拔，英俊帅气。

皮特为我系好背包带，戴上安全帽，把我和他绑在一起。我开始还担心不已，因为我是恐高的，曾经爬到东方明珠上却死活都不肯上玻璃板，更不敢从玻璃上往下看。但为了实现我的飞天梦，我豁出去了。皮特说我若害怕可以大叫，于是我闭上眼睛啊的大叫一声，他看看我，说你叫早了。

跟着皮特的步伐，跑了几步，整个身体就开始悬空。他帮忙把我托到座椅里，接下来就是享受。

飞在空中，整个身体是轻盈的，耳边只有呼呼的风声。脚下飞过的树木、房屋和湖泊都变得遥远渺小。我开始大胆地用手机自拍，还请皮特一起微笑。张开双臂，我冲着脚下大帐里的朋友挥手大喊，我在飞！对于我们兴奋的大喊大叫，飞了几十年的他已经司空见惯。如果想更刺激，气流允许的情况下，可以请教练做翻转、回旋等动作。

每个人都向往自由，我们随时随地都在谈论自由，但恐怕没有比在天空中飞翔更能体会得到深刻的自由。

下降、落地也并没我想象的恐怖，皮特会提醒何时脚落地，然后跟着他走几步就能轻松停下。

皮特还在收伞，我就兴奋地冲进大帐唠唠叨叨上天下地的感觉，朋友已经点燃小灶开始烧烤。为了防止我会在天上呕吐，我早上一点东西不敢吃，没想到落地就有烤玉米茄子吃，幸福感瞬间爆棚。

傍晚的湖边，我赤着脚，走在草地上。有人在划船，有人在看书，有人在烧烤，有人在聊天。夕阳映在湖水里，整个大地一片金黄。

之后，我们跟着教练到他们租住的院子里蹭饭。我们不好意思空手，买了很多水果和蔬菜。

皮特的女朋友叫小曼，一个郑州姑娘，一米七五的大高个，说话办事干脆利落。

皮特帮忙提着水果，用第二个声调和我们寒暄。走了几步后，他突然停下，回头贼兮兮地对我们说他们院子里有一条很大很凶的狗，我们进门以后动作一定要轻。我虽然也养过狗，但对凶狠的狗还是闻之怯步。

于是，我跟在朋友身后，小心翼翼进了院子大门。进门一看，一只和我鞋子一般大小的博美跑了过来，等我们回过神再看皮特，他笑得前俯后仰，一边贼眉鼠眼学我们害怕的样子。

朋友说，老外果真天生具有幽默感。小曼听到笑声出来，解释说我们不是第一个被皮特捉弄的人。

他们的院子很大，三层楼，五个人合租，院子里有棵梨树，树下的地里种满白菜、青椒和西红柿。

那晚，我们聚在院子里的石桌旁，小曼做了很多菜，有蔬菜沙拉、水果披萨、鸡蛋炒饼、酸汤鱼，真是中西合璧。一锅浓香的奶油蘑菇汤和一盘麻辣小龙虾让我拜倒在她的厨艺下。

敬酒的时候听朋友说，小曼和皮特都是吃素的，但为了接待朋友，小曼特意做了荤菜。

其实，小曼的奶油蘑菇汤是为皮特做的，那是他的最爱，但我们还是很不厚道地喝了。小曼每盛一碗汤，皮特都会尖着嗓子用第二声说少一点少一点，然后我们就齐声用第二声说多一点多一点。之后，皮特就用手捂着心脏的地方，煞有介事地说，我的心，很痛。

皮特很会调节气氛，他身上有种与生俱来的幽默感，一个动作或一句半生不熟的中文都会引发大笑。

整个饭局持续了四个多小时，从夕阳西下一直喝到月上西楼。我问起小曼和皮特的故事，这是我的最爱，我最喜欢听别人的爱情故事，永远有一颗八卦的心。

小曼曾在北京待了八年，在一家外企做行政，稳定的收入，固定的上下班时间。但太固定的生活模式也让她失去冲劲，在被雾霾和沙尘暴席卷中日复一日。用她自己的说法，这 TM 就只是生存，离生活远着呢。

因为长期的风沙，尤其是柳絮漫天时节的折磨，让她的皮肤总是长一块一块的红斑。她想尽办法，西医、中药、内服、外敷都试了很多，红斑还是越长越多。有时，看着镜子里自己的脸，她会感到绝望，别说男人，就连自己都讨厌这样一张脸。

当她又一次因呼吸道感染输液时，她一狠心直接辞职，离开了喧闹的大都市和赖以生存的公司，背着包，一个人跑到了尼泊尔。在博卡拉，她第一次接触滑翔伞，也遇到了作为教练的皮特。

当皮特带着她飞翔在空中，脚下是连绵起伏的山峦和湛蓝的湖泊，远处洁白的雪山映在水面上，清新的微风带着花香吹过她的眉间，她感觉整个身体都变得轻盈透彻。她闭上眼，张开双手用力大喊，仿佛要把积在身体里的毒素和霉气一口气全喊出来。

这之后，她爱上了滑翔伞，签证一再续签。她交了学费，跟着皮特开始学习。皮特耐心地为她讲解滑翔伞的原理和飞行要领，没有任务也经常带她试飞。皮特很爱中国文化，也时常向小曼请教中文发音，两个他乡人在异国互相学习帮助。

皮特吃素，每天睡前练瑜伽。在皮特的影响下，小曼也渐渐试着吃素，学习简单的瑜伽，脸上的红斑也在不知不觉中渐渐淡去。

经过三个月的学习，小曼已经可以自己单飞并完成一些简单的动作，皮特也从简单的中文你好，进化到可以谈论天气、爱好，两人的关系也发生着微妙的变化。

当博卡拉学习滑翔伞的本地人越来越多后，皮特所在的滑翔伞俱乐部也顺势易主，当地人开始渐渐垄断滑翔伞市场。皮特在小曼的提议下来到了中国，他们用了半年的时间，去了林州的太行山，去了赤峰的平顶山、广西的大明山、惠州的罗浮山、海南的南丽湖，还去了腾格里沙漠。小曼带着皮特领略了中国山河的壮美，皮特带着小曼飞翔在这些美景之上。

每次落地后回到住处，小曼都会为皮特熬一锅香浓的奶油蘑菇汤，皮特把面包撕碎放进汤里，吃得无比幸福。

那晚，大家都喝了很多酒，聊起未来，聊起曾经，也都无限感慨。小曼说，世界很大，如今的她只想和皮特飞遍世界，哪怕四处流浪。回想起以前按部就班的工作生活，她说已经遥远得像是前世。

小曼说这些话的时候，皮特似懂非懂，但他始终微笑着看着她，眼神温柔。

是的，世界那么大，未必只有一种活法。

文身女孩的香辣蟹

若心灵无法栖身，身体便是一种负担。

有些人，一转身就再也不见，

但有些人，遇见了就注定纠缠一生。

缘起缘灭，又怎是你想躲就能躲开的。

听说麦子已经很久了，她是个怪异的文身师，也曾是备受争议的人。关于她的故事有很多版本，那些版本只有一个相同点，她爱吃香辣蟹，瘦弱的她可以一个人吃掉一整盘全家餐。

失恋的朋友嚷着要文身，我陪她去找麦子。麦子要价很高，但她可以根据客户要求创造出独特个性的文身，而且她的文身从没有雷同的。她说每个人的文身都和这个人一样，是独一无二的，而且文身可以比任何人都陪伴得更久。

麦子喜欢穿红色长裙，妖艳明亮，自然卷的长发顺从地垂到腰间。她很白，白得有点让人不忍直视。她喜欢用鲜花做发饰，我不知道她如何能找到那么多不同的鲜花，但她确实每日戴的都不一样。

这个瘦小苍白的女子，眉眼间都是执着、倔强，她身上那种不容忽视的妖艳让人莫名地感到不安。

麦子话很少，她的手臂上、背上、腿上布满文身，有妖艳的蝴蝶、莲花和一些特殊意义的图腾。据说，她每和一个男友分手就会做一个文身，这些文身记录着她过往的感情和那些出现在她生命中的人。

麦子从没见过父亲，也不知父亲是谁。在十六岁的时候，她目睹了母亲的离开。那天母亲带她逛超市，离开后她仍然对冰柜里爬行的蟹念念不忘。她爱吃香辣蟹，每个星期，母亲都会为她做一次香辣蟹。当时，她可怜兮兮地看着母亲，母亲便返回超市为她买，她在马路对面吃甜筒等她。过了不久，突然背后响起尖厉的刹车声和撞击声，她回头的时候，只见母亲躺在马路上。

母亲的眼镜被砸歪，镜片碎了一地，手里抓着一个袋子，袋子里几只硕大的蟹飞了出来，落在旁边的人行道上。母亲还在努力地看着街角，她发疯似的跑过去，跪在地上抱起她的头，哭得声嘶力竭。母亲眉尾那颗黑色的痣已经被血液染红，像一颗小小的红豆，母亲曾说那是相思豆。

母亲最终没有挺过去，嫁到美国的小姨赶回来安葬母亲。麦子无法接受这突如其来的打击，变得内向孤僻，不说话、不吃饭，每天抱着那个装着死螃蟹的袋子坐在窗台上。那段时间，小姨小心翼翼照顾着她。吃素的小姨变着花样给她做香辣蟹，恳求她吃饭、睡觉，可是做惯西餐的小姨做不出母亲做的味道。小姨给她盛汤的手微微颤抖，不敢大声和她说话，她半夜醒来上卫生间，小姨都警觉地跟在身后。陌生、紧张的气氛让她和小姨都感到窒息。

小姨要照顾千里之外的家还要照看她，实在力不从心，希望她能跟着回美国，但她说什么都不愿跟她走，也不愿回到学校。无奈之下，她请求小姨把她送进少年康复中心，在那里她认识了她最好的朋友阿花。

阿花是个孤儿，她在医院的角落里被发现，不知道自己的父母是谁。在孤儿院长到十六岁时，阿花被确诊为自闭症，从此进了康复中心。她用指甲刀割过手腕，用头撞过墙，还试图把自己掐死。

麦子在她把自己浸在水里那天进入康复中心，那天的场面极其混乱，她被绑在椅子上，嘴里塞着劣质毛巾。麦子走上前，轻轻抚摸她的头发，她呆呆地看着麦子，一动不动。从那以后，她便时时跟着麦子，像个走失的孩童，战战兢兢。

阿花爱吃鸡蛋，讨厌喝牛奶，每天早上她们偷偷互相交换。她爱吃鱼，麦子就悄悄塞钱给厨房阿姨买鱼给她。她有一只小熊，是在孤儿院时一个男孩送的，她日日抱着，从不离身。

阿花孤僻的性格和她的眼神一样，透出阴冷的寒光，但对麦子，总是言听计从。她们一起躲在被子里看小说，一起在窗台上抽烟，用铅笔在对方身上刺图案。当她认真地帮阿花画出图案，看着阿花满意地大笑，她也跟着高兴起来。麦子讨厌一切软弱的事物，但面对现实，她们同样软弱。

小姨每两个月都来看她，当看到她身上斑驳的图案和瘦弱的身体后，小姨决定强制把她带回美国。

离开的时候，阿花一直抱着她大声哭喊："不要走，不要丢下我。"

"我在你床下藏了四条烟，抽完的时候，我就回来了。"她掰开她的手。她的手指冰凉，像刚从冰窖拿出来的玻璃一样冰冷。

"你别走，你答应过要一直陪我的，骗子，你们都是骗子。"她开始嘶吼，声嘶力竭，把日日抱着的小熊朝她扔过去。她跪在地上，双手撕扯着她的衣服，近乎哀求，但她必须要离开了。护士跑过来拖住她，把她按在地上，她的脸贴在地上，眼睛却死死盯着麦子，那眼神充满愤怒和恐惧。

飞机上，麦子看着和阿花的照片，小姨没敢和她说话。小姨太过小心翼翼的神态让她恼怒，也让她觉得自己更加残酷，她讨厌这样负有内疚的关系。

小姨的房子在一个湖边小镇，一幢两层木质结构围成一个独立的院子。低矮的院墙由石头堆砌而成，地上铺满石块，石块间有丛丛杂草。院子一角有个小小的花园，一棵巨大的榕树下放着一张木桌椅，上面铺着蓝色的桌布，桌椅周边堆满绿色盆栽，几株不知名的花正浓烈地开着。

客厅里有开放式厨房、沙发、木桌椅，落地窗旁边有个躺椅，一个大大的书架靠在墙上，杂乱中却飘着一股宁静淡泊的气味。

小姨有三个孩子，十二岁的儿子，以及七岁和五岁的女儿。他们拿着鲜花和礼物，用别扭的中文说欢迎，麦子勉强了几次还是没能笑出来。姨夫出差在外，麦子是一个星期以后才见到他的，那是一个身材魁梧有少许秃顶的美国人。麦子被安排在二楼最左边的房间，旁边两间是她的美国表弟表妹。

上楼的时候，木制地板发出嘎吱嘎吱的声音，让人头疼。小姨很享受这样的环境，她全身都放松了，不再小心翼翼，不再谨慎胆小，在孩子们面前也露出了难掩的笑容。

陌生的环境，陌生的人，语言不通的她更加想念阿花。刚到美国的半年，任凭小姨和表弟妹们叙述外面的风景如何美，她仍然愿意一个人坐在地板上发呆。有时，她会梦到阿花，梦到她坐在窗台上抽烟的样子，梦到她不想吃药藏在床下，梦到她找不到她时哭得几欲窒息晕倒。

有一次，麦子梦到她为了找她的小熊，爬上高高的屋顶，然后跌了下去，她一边下降一边看着麦子笑，那是一种报复式的笑。

被吓醒后，她再不敢睡觉。于是整夜整夜开着电视，无论什么节目，只要能发出声音、有人影晃动就可以。

麦子害怕表妹的哭声如同害怕人群，在表妹的哭声中她总是无所适从。她喜爱并愿意保持陌生的关系，却又同时害怕陌生人带来的不安定感。所以她躲避她的表弟妹们，把自己关在房间，一根接着一根地抽烟，听浑沌妖娆的爵士乐，把音乐开到最大。

麦子喜欢穿带包的衣服或裙子，否则她会不知道自己的手该放在哪里，她讨厌软弱却让自己看起来更加软弱。在少年康复中心那段时间，如梦一样不真实却又真实地存在着。

作为离开房间的条件，小姨答应让她学画画。小姨找了英语和绘画培训班，让她一边学习英语一边从速写素描开始学习绘画。她的天赋很快得到认可，在画纸上，她可以天马行空地想象。小姨没有强迫她进入学校，只是每天送完表弟妹都开心地送她去培训班。开始学画以后，她开始可以不需要依赖药物入睡。

二十岁的时候，她认识了她的第一个男友，一个在文身店工作的中国男孩。她开始靠着给杂志报纸画插画的稿费搬出小姨家，和他租了个单身公寓。在他的带领下，她开始接触文身。他给她文了一只妖艳的蝴蝶，从此她爱上文身。一年后，两人背着包开始流浪，她设计图案，他负责文身。

麦子再回中国已经是和第三个男友分手后的事情了。她去看阿花，护士说阿花已经离开了。她把麦子藏给她的烟抽完，然后把小熊留在柜子里，在深夜悄悄地从屋顶跳了下去。等护士发现的时候，她已经变得冰冷。

麦子坐在地上，脑子里都是阿花的影子，她看见她趴在地上，红色的液体顺着她的身体四散溢开。她睁着眼睛，眼神里都是愤怒和恐惧。是她抛弃了她，独自离开，把她丢在那个黑色的医院里，任凭她在黑夜里吼叫。

护士带麦子去找房里那个留着阿花遗物的柜子，里面是阿花随身抱着的小熊和一封信，信里只有一句话：麦子，烟抽完了你还没回来。听说有个很美的地方叫香格里拉，我要去那里。小熊和信都很脏了，上面还有阿花的味道。

麦子看着阿花的小熊，阳光从玻璃透进来，直直打在小熊上，泛出刺眼的白光。

在旅店昏睡了两天后，麦子启程了，她要去阿花想去的香格里拉。一路上，她看到美丽的草原，洁白的雪山，疲倦兴奋的旅人，香格里拉真的很美，她有很多很多话要对阿花说。

麦子在香格里拉生活了半年，那里没有她爱的香辣蟹，没有阿花爱吃的鱼，只有满地的牦牛酥油茶和凛冽的白雪。

麦子有一个情人，她称之为情人，不是男朋友，不是伴侣，而是情人。

他们认识两年多，一直分分合合、吵吵闹闹。他原是上海人，经历了事业破产、婚姻落败之后来到香格里拉。他有着深邃的眼神，看人的时候仿佛能看进人的身体里。他喜欢歪着头抽烟，既温暖又孤离。

她讲述他的时候，苍白的脸上泛着喜悦的光，话语细微甜美。他来文身，带着一匹孤独哀嚎的狼的图纸，她第一眼见到他便爱上了。

她是那么主动不容等待的女子，休息的时候，她从他手里接过香烟深吸一口，阳光洒在她浓黑的长发上，荡出一圈圈光影。

他们甚至不知道对方的名字，晚上就一起去了酒吧。他喝醉了趴在桌上对着酒杯喃喃自语，她默默地坐在旁边。然后他回头，眯着眼睛看她，眼神迷离。她的唇就贴了上去，毫无征兆，但他接得自然。他们像两只冬日夜里晃荡的猫咪，陌生又熟悉地拥抱在一起，不管不顾。

她开他的车送他回家，他斜靠在椅背上看着她生硬地驾驶。之后，他揽着她开门、进屋，像一对相恋已久的恋人。

他把她扔到床上，开始撕扯她的衣服，像一头受伤的凶狠的狼。她在黑暗中看见他的眼神，温暖、危险的眼神。她闻到他身上淡淡的味道，那是一种成熟男人散发出的深沉的味道。她就这样顺从地乖乖地沦陷了，陷进他的危险里。

他在黑夜里紧紧抱着她，抱到两人都汗湿床被也不舍得放开。她弯在他怀里，像个婴儿一样安稳。这一夜，她听着他的呼吸声，快乐得让自己心疼。这么多年的孤独后，他才出现，才有人这样紧紧抱着她入睡。

清晨，阳光透过白色的纱帘洒了进来，他依然紧紧抱着她。她透过他胸前未完成的狼的文身，看到落地窗外面高高的雪山，山顶银白的积雪盖着一层金色，美到无法言语。

只要心里温暖，风景便是美的。

第二天，他送来一盆橘黄色的小花，用陶制的罐子插着，让她想起《时时刻刻》里女作家弗吉妮娅·伍尔芙写最后一部小说《黛洛维夫人》时的场景。她有着幽怨病态的美，喜欢用陶制罐子插花，不喜欢吃东西，在自己的世界里挣扎。若心灵无法栖身，身体便是一种负担，所以弗吉妮娅选择了结束自己的生命。

这种橘黄色的小花，自盛开便成了干花，有着永不凋谢的花朵，但它同时拥有着新鲜的枝干叶子。它在阳光下开得热烈，在夜晚却恢复成花苞，有着一种热烈又悲痛的气质，神奇又无奈的命运。

生活在继续，她依旧白天文身，不吃早点午餐，他身上的文身每天在一点点地丰富。有时，他们也一起去酒吧，他安静地坐在吧台边喝酒，她上台唱歌，抱着吉他在台上唱《花房姑娘》。眼里满是忧伤，浓黑的长发蓬松地拖到腰间，瘦弱纤细的胳膊在黑发的衬托下更显得得白净。

他不解，如此纤瘦的她是如何发出那样低沉沧桑的声音的，但他知道，这个女子一定倔强至极。他拉住准备离开的她，吐出简短的两个字：陪我。她便毫无抵抗力地跟他走。

越是倔强的女子，爱得越执着。

之后，他们便开始了这种互相依赖又各自独立的关系，他给了她房子的钥匙，许她自由出入。他带她满城寻找香辣蟹，但他从不公开带她出席朋友的聚会，她也从不主动去打扰他，她是害怕被束缚的。其实他们都一样，向往温暖却害怕沉沦温情。

她生病，他来接她，带她输液，给她熬粥。她坐在他的院子里，吃着他为她切的水果。他醉酒，她送他回家，给他泡柠檬水、煮宵夜。他坐在床上，看着她忙出忙进收拾屋子。

偶尔，他带她去寺庙，去伊拉草原烧烤野炊。他开口向她求婚的时候，她怔怔地愣在原地。他喜欢她善解人意，她爱他温柔体贴，他是愿意和他在一起的，但她更愿意维持这样的关系，不互相牵绊，不质疑对方，只相互依赖着。

关系越是亲近，麦子越害怕。想起母亲，想起阿花，她退缩了。麦子决定离开香格里拉，打算为他完成文身就离开。她没有告诉他，也没有告诉任何人。

来到大理，她喜欢这里的苍山洱海，喜欢这里的风花雪月，也喜欢这里包容的长住客和旅人。古城的晚上，有种宁静的妖娆，在这里生活了两个多月后，她决定留下，开一个工作室，继续帮人绘图文身。

她也会在晚上去酒吧驻唱，抱着吉他坐在台上，浓黑的长发扬扬洒洒，表情淡然，唱《张三的歌》。

几个月后，一个男子出现在酒吧。他点了酒，安静地坐在吧台听她唱歌，待她下台的时候，他拉住她说，我的狼需要补色。是的，他们又相遇了，不知道这是缘分，还是冥冥中注定。

若心灵无法栖身，身体便是一种负担。有些人，一转身就再也不见，但有些人，遇见了就注定纠缠一生。缘起缘灭，又怎么是你想躲就能躲开的。

他歪着头抽烟，嘴角微微上扬，活脱一个亲切温暖的男子。她踮着脚尖，伸手拿过他嘴上的香烟，两人都相视一笑。

童年的杀猪饭

有时回家，站在以前玩耍的树下，

我仿佛还能看见那个在树下晾衣服的少年，

他的白衬衣上滴着清水。

而在另一头，一堆男孩头顶着头弹玻璃弹，

每个人都兴奋地流着汗。

接到母亲电话的时候，我正在超市买牛肉，售肉的大妈正用钩子勾着一块牛腩等着我的认定。我一边接听电话一边点头，母亲和售肉大妈的声音分别从我的左右耳进入，相撞在我的脑袋里。

“周六杀猪饭，回来吃饭啊！”还没等我回复，她便急急挂断电话。母亲生于六十年代，有着那个年代共有的省吃俭用的美德，她给我和哥哥的电话从不超过十分钟。加上母亲那急迫的性格，用现在的词语来说她是有强迫症的，比如吃饭前厨房的灶台必须擦拭干净，睡觉前所有的垃圾桶必须是空的，每天早上院子里的地都要清扫过，哪怕生病也要监督父亲完成，更别提整齐的衣柜和用完即刷洗干净的厨具。

我一度被同事朋友说有洁癖，都是被我母亲潜移默化影响的，这是个好习惯，起码在我的生活中，我被周边更多的人赞赏。

“牛肉七十三块，给你包起来了。”卖肉大妈咧开嘴笑了。她会不会也在上班时间打电话给她的子女，让他们回家吃杀猪饭呢？

一月的超市里摆放着元旦的装饰品，无论米盐油茶还是衣帽鞋袜都换上喜庆的大红包装，连音乐都是恭喜发财、过年好之类的祝福语，这是中国独有的过年气氛。每年的这个时候，商家们热衷于各种促销，老百姓也开始着手准备大采购。辛苦了一年，都为了这几天的购物欲。

在中国的农村，杀猪饭是每年年末必不可少的一顿聚餐，少到一家大小，多到满村全寨。这是辛苦一年的最好慰劳，人们凭谁家养的猪的大小肥瘦来判断他家这一年过得是好是坏，所以，谁家的猪若是超过两百公斤，全村人都会投去恭维羡慕的眼神。猪的大小也决定了请客的范围，这些都代表着一种骄傲，庄稼人的骄傲。

回家，我提着购物袋进厨房开始做饭，水蒸气慢慢铺满厨房的玻璃，院子里的多肉变得朦胧起来。

那种朦胧让我想起儿时。杀猪饭那天，我和哥哥堂弟就是这么趴在厨房玻璃前，偷偷看外面大人们杀猪的。他们在院子里挖一个土灶，点上木柴，架上大锅，烧上满满一大锅水。然后去猪圈拉出被指定的猪，把它前后腿都绑上，放在大木桌上。这是小伙伴最爱看的环节。若猪太大，四五个大男人是不能轻易把它按翻绑上的，这就是主人家的骄傲了。那时候的天很冷，人们一边喘着白气一边嬉笑怒骂着猪一边拼尽全力围追堵截，有时因为用力过猛常常摔个脚朝天。我们便一边喊加油一边大笑，一笑玻璃就铺满了朦胧的白雾。

男人们把猪抬上木桌，女主人便端出放了盐和热水的大盆子放到猪脖子的下面。杀猪掌刀的人是要给红包请的，他不仅要有技术还要有威望。他左手拉着猪的一只耳朵，把猪头微微压下，右手握着刀子。我们还没看清，刀便进入了猪的脖子，接着冒着热气的血就流了出来，流进下面的盆子里，这血在做杀猪饭的时候会单独做出一道菜。同样的，谁家的猪血越多就说明这猪越好。等血流得差不多了，他们会找个玉米棒子塞住猪脖子上的这个口子。

接着，人们在土灶周围铺上玉米杆子或麦子杆子，然后把猪放在上面，舀大锅里烧热的水浇在猪身上，开始用铁片做成的刮子刮猪毛。这时，小孩们就可以出动了。大家捡起被刮下的猪毛，整整齐齐地理好，一把把扎上，在大人中间穿梭着比赛谁捡的猪毛多。猪毛是可以卖的，每年到这个时侯，总会有个络腮胡子的男人骑着三轮车，拿着小提秤挨家挨户地收猪毛，黑的好的五毛一两，差的乱的三毛一两。厉害的小孩每年能捡猪毛卖四五块钱，过年的时候就能买好多炮仗等小玩具。

猪毛刮净后还要用火烧去残余的绒毛，然后开始解剖。把猪放回大木桌，从中间慢慢划开，露出内脏。肝脏、肾脏、胃连同猪头一起被洗净挂在树枝上。有时天气寒冷，树枝上会结起一层白霜或冰锥。待到这边清洗完猪肠、切完猪脚等部位后，猪头和肝脏上就会有一层薄冰，用手指压上去会发出清脆的冰层断裂的声音。

一般一户人家每年会杀两头至三头猪，杀的猪的多少也决定了杀猪饭的份量。一个村都多少沾亲带故，你请了李家就该带上张家，请了王家就不能落下高家，这样一顿杀猪饭往往能吃掉半头猪。当然，他家吃了你家的杀猪饭，你也理应去吃他家的，在没有微博、微信甚至没有通信的年代，这就是交际网。

一个大院子，挖一条长长的灶，柴火一点，这边大蒸锅蒸饭，那边炖汤炒菜，干活的人比吃饭的人多。洗菜的、烧火的、切菜的、炖肉的忙得不亦乐乎。老人们在火边支起桌子，抽着烟斗下象棋，小孩们在火边划出地盘开始整理猪毛，大人们一边忙一边互相打趣，间或说两个黄段子。没有人去看电视，没有人玩手机，没有人打麻将，所有人的心思都在杀猪饭上。

热热闹闹地吃完杀猪饭，人们不会急着散去，即便要回家喂猪关鸡的女人们，也会再匆匆赶回来，因为这时夜间的大餐才开始。

人们把外面的大锅洗净放回家里的大灶上，男人们开始剔骨片肉炼猪油，腌火腿制腊肉，女人们开始装香肠做血豆腐。小孩可以小睡一觉，醒来便是香喷喷的干巴肉和油渣。

那时候的我们，好像肚子永远填不满，无论杀猪饭上吃了多少，到了夜间的炼油时间，还是能吃下好几大块干巴。

第二日，村里人散去，剩下亲兄弟姐妹大家庭吃完余下的食材，有时会吃上三四天，这才算是结束了整个杀猪饭。

但年末时节，总是我家还没散，你家就开始了。还记得杀猪人每次吃饭都会摸着肚腩说，瞧瞧这肚子，大半年的伙食算是存下了。

我的童年，最让人期待就是杀猪饭，吃完杀猪饭就过年了，过年有压岁钱有新衣服。全村的小孩都能穿着新衣服结伴上山下河，即便玩到天黑不回家也没有人会责怪你，因为正月里没有人会去责怪小孩。

那时，我们村里有七八个小孩一起上学，我是唯一一个女生，一直像哥哥的小尾巴一样黏着他。他们下河摸鱼我就在岸边看衣服，他们上山掏鸟窝我就在路口放哨，甚至他们和邻村小孩打架，我也会在旁边喊加油。

我的学校生活中没有人敢欺负我，因为我有个很能打架的哥哥，他的一路保驾护航让我安稳舒适地上完中学。有个哥哥很幸福也很麻烦，我要做两份家庭作业，我的零用钱永远也轮不到自己花。

那时一起上学的小孩中年龄最大的叫徐亮，他是我们村里的骄傲，无论是学习成绩还是德智体都很优秀，他的弟弟徐成却一塌糊涂，打架翘课，初二的时候被学校开除后跟着他父亲进城打工了。

在我的记忆中，徐亮总是在树下晾衣服，他的白衬衣永远平平稳稳滴着清水，白球鞋永远白净。而徐成和我哥哥以及一大波男孩们总在树下弹玻璃球，他们跪在地上流着汗你争我抢，身上、手上、脸上全是泥土。

徐亮一路从镇中学到区高中再到市大学，一直是所有家长让孩子学习的榜样。大学毕业后他分配回镇中学教书，和一个女老师结婚，一切都那么顺利。他的弟弟却隔三差五被辞退，带不同的女人回家，过着居无定所的生活。

我去省城上高中那年，村里出了件大事，徐亮和他父亲出了车祸，他父亲当场身亡，而他将永远坐在轮椅上，他娇滴滴水灵灵的老婆和他离了婚。那年的杀猪饭，我没回去吃，听说整个村子的人都往他家送肉送米。他呆呆坐在轮椅上，每日由他母亲推到院子里，每晚再推回去。他再也没穿过白衬衣，每天盖着一条毛线毯子呆呆地坐在院子里。

小伙伴们都长大了，有人退学外出打工，有人已经娶妻生子，早早过上男耕女织的生活，而我，一路跌跌撞撞，开始一个人上学放学。

有时回家，站在以前玩耍的树下，我仿佛还能看见那个在树下晾衣服的少年，他的白衬衣上滴着清水。而在另一头，一堆男孩头顶着头弹玻璃弹，每个人都兴奋地流着汗。

我去市里上大学的那年，村里那个杀猪人去世了，他的儿子顺理成章继承了杀猪的角色。那年，粮食大减价，一斤土豆才几毛钱，村里的年轻人们开始成群结队去省城打工做生意，包括我大专毕业的哥哥。哥哥带着新婚的嫂子搬到县城的车站旁边经营了一个饭店，几年下来，也凭一股闯劲开了几家分店。再后来，听说那个杀猪人的儿子也去哥哥的店里学做厨师。

村里剩下的老人们种不了那么多庄稼，猪也养得少了。

后来，母亲生病，为了更好地接受治疗，父母搬到县城的哥哥家住了三四年，那时上大学的我也只能回到哥哥家，老家的杀猪饭就只能婉言谢绝，时间长了，也慢慢没人再给父亲打电话。

母亲病好后，父亲还是决定回到老家居住，但由于自己家没再种庄稼养猪，也没机会再请杀猪饭。后来听母亲说，她参加了两家的杀猪饭，已经没有了当年那样的热闹，男人们杀完猪便在院子里打麻将，女人们忙碌地做饭，没有嘻嘻哈哈的玩笑。其他人也只在吃饭的时候才去，小孩更是躲在家里玩游戏，谁也不差那三五块钱而去捡猪毛了，整个杀猪饭冷冷清清。虽然隔着电话，我还是能看见母亲说这些话时的失望表情。

我想起儿时跟在哥哥屁股后面，听他指使，给他抄作业，那时候再冷的天都是暖和的。

工作以后，杀猪饭就只出现在微信朋友圈里，我想念随处都有大伯小叔、大婶小嫂的亲热日子。很多天晚上，我梦到我又变成小孩，趴在窗边看大人们杀猪做饭，待满桌子的菜肴摆好，正准备吃却被闹钟叫醒，我像要债要不回来一样气恼。

杀猪饭，在我的童年里是一把金色的大伞，想到就是满满的温暖。如今，除了同事、同学，在这个城市里我谁都不认识，左邻右舍和我没半点儿关系。

我们在热闹的都市里孤独地生活着。

今年，母亲开始种点小菜和少量庄稼，自己养了两头猪。我知道母亲的意思，她是想要回到以前那种热闹的温暖里。